[日] 江户川乱步 著

傅栩 译

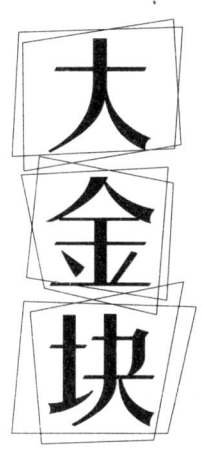

大金块

人民文学出版社
PEOPLE'S LITERATURE PUBLISHING HOUSE

图书在版编目(CIP)数据

大金块/(日)江户川乱步著;傅栩译.—北京：人民文学出版社,2016
(江户川乱步少年侦探系列)
ISBN 978-7-02-011999-8

Ⅰ.①大… Ⅱ.①江… ②傅… Ⅲ.①儿童文学-侦探小说-日本-现代 Ⅳ.①I313.84

中国版本图书馆 CIP 数据核字(2016)第 221988 号

责任编辑	朱卫净　王皎娇
装帧设计	汪佳诗

出版发行	人民文学出版社
社　　址	北京市朝内大街 166 号
邮政编码	100705
网　　址	http://www.rw-cn.com
印　　刷	山东德州新华印务有限责任公司
经　　销	全国新华书店等
开　　本	890 毫米×1240 毫米　1/32
印　　张	6.5
字　　数	90 千字
版　　次	2016 年 12 月北京第 1 版
印　　次	2016 年 12 月第 1 次印刷
书　　号	978-7-02-011999-8
定　　价	25.00 元

如有印装质量问题,请与本社图书销售中心调换。电话:010-65233595

— 目 录 —

恐怖的一夜 /1

千奇百怪 /12

狮子的下巴 /20

猫眼石戒指 /30

电话里的声音 /40

替身少年 /47

魔法长椅 /56

地底的牢房 /63

黑暗台阶 /72

歹徒的真面目 /80

两个谜团 /89

机智勇敢的少年侦探 /94

大抓捕 /106

歹徒的留言 /113

暗码 /118

戴高帽子的狮子 /123

鬼岛 /129

解开的谜题 /140

可疑人影 /147

迷路地底 /152

水！水！ /161

生死关头 /168

宝藏洞穴 /175

蒙面首领 /183

最后的胜利 /192

恐怖的一夜

小学六年级的宫濑不二夫君，正孤零零地留在空荡荡的大宅子里看家。

在东京西北面郊外的荻洼，有座光秃秃的山丘，宫濑君家的大宅子就坐落在那里。这所大宅子是不二夫君的伯父建的，不过这位伯父已经去世了，他既没有老婆也没有孩子，所以这所大宅子就归了不二夫君的父亲所有。一年多以前，不二夫君一家搬了进来。

伯父是个与众不同的人。他一辈子都没有娶老婆，而且极少与人往来，总是一个人闷在自己建的大宅子里，摆弄他的那些古董。他建的宅子自然也和他一样与众不同，透着一股古色古香。

这是一座水泥建筑的二层洋楼,共有十二间房,红瓦屋顶的形状复杂而奇特,看起来就像是座城堡。屋顶上还直直地立着一个方烟囱,连着屋内烧炭的壁炉,这玩意儿如今已经很少见了。这么一来,宅子的外形看上去就更奇特了。

宅子里的格局也很独特。走廊七弯八拐,房间里的装饰件件是精美的艺术品,不愧是喜欢古董的伯父精挑细选出来的。

特别是楼下宽敞的客厅,简直是一间美术馆,摆满了昂贵又精致的物件儿。墙上的西洋名画、出自海外名家之手的桌椅、波斯的地毯,样样是精美绝伦、价值连城的宝贝。

宫濑不二夫君就在这么一座奢华大宅的卧室里,钻进了被窝。

父亲因为公司的事儿,必须在外面过一夜。于是不二夫君只能一个人留在大宅子里看家。虽然家里的书生和保姆也住在这宅子里,但房间离得老远,又都是拿钱雇的外人,并不能像父亲在家时那样,给他很多安全感。

至于他的母亲,那位温柔的女士于四年前不幸过世了,如今,宫濑家就只剩下父亲和不二夫君父子俩了。

春夜已深,放在枕头旁的座钟指针已经过了十点。要是在平时,不二夫君已经进入梦乡了。可今夜,不知道为什么,翻来覆去的就是睡不着。明明天不冷,却老觉得背上发凉,又孤单又害怕。都上六年级了,可不能这么胆小了!不二夫君默念着给自己鼓劲,可这一点儿也不管用。窗外一有点儿风吹草动,他就会立马竖起耳朵,一惊一乍。

都怪自己,上床之前就不该看书。那个故事里有个可怕的西洋怪盗,插画上的怪盗面目狰狞,十分吓人,想忘都忘不掉。合上书,不二夫君还老觉得那个可怕的怪盗仿佛下一秒就会从黑黑的窗户外面偷偷爬进来,害怕得不得了。

窗户被厚绒布窗帘遮得严严实实,看不见窗外的景象。实际上,玻璃窗外面是个大大的院子,有棵枝繁叶茂的大树。说不定,就在那棵树下,有个可疑的黑影,正蹑手蹑脚地朝窗户这儿来呢!不二夫君的脑海里浮现出这样一幅可怕的光景,整个人不由得都缩进了毛毯里。

大房子空荡荡,静悄悄,只有枕边的座钟在嘀嗒、嘀嗒地走着。一直听着,竟觉得这嘀嗒声的节奏变得古怪起来,仿佛在低低地说着什么似的,十分诡异。

不二夫君紧紧闭上眼睛,强迫自己赶紧睡着。可是,眼睛虽然闭上了,却没有一丝睡意,忍不住胡思乱想起来。

"对了!刚才那个故事里好像说,有一封盗贼的恐吓信,不知怎么飘进了密闭的房间里。故事里的那个小姐,不是和我一样睡在自己床上吗?那张白色信笺就这么轻飘飘地落在了她的脸上。"

想到这里,不二夫君立马觉得同样的情景似乎马上要发生在自己的身上,顿时脊背又是一阵发凉。不知是不是错觉,他竟然感觉到一股微弱的气流，仿佛从天花板上，有一片东西缓缓地飘了下来。

"哈哈，这怎么可能呢。"

不二夫君觉得自己的恐惧有些可笑，他猛地睁开了双眼。

"喏，你瞧，这不是什么都没有吗？"

他打算嘲笑自己愚蠢的想象。

然而，就在睁开眼睛望向天花板的瞬间，不二夫君因为一阵巨大的恐惧，差点叫出了声。

看！书里的情节，就这么在眼前变成了现实！一张白色的纸片，飘飘悠悠地从天花板上朝不二夫君的脸上飘落了下来。

不二夫君甚至以为自己是在做梦。心里的无聊想象就这么分毫不差地在现实中发生，世上怎么会有这么诡异而不可思议的事情呢？

可这不是梦，也不是幻觉。白色的纸片拂过不二夫君的脸颊，带着一丝微风，然后轻轻地落在了毛毯上。

不二夫君吓得浑身僵硬，一动不动地盯着那张纸片看了好一会儿。可越是害怕，他越是想去确认一下那张纸上写了什么，不然就没法安心。

"会不会跟故事里说的一样，是一封歹徒的恐吓信？"

这么一想，他的全身因为不可名状的恐惧不住地冒起冷汗来。可他同时觉得要是不看个究竟，那不安的感觉更令人受不了。于是他下定决心，迅速从毯子里伸出手来，抓起那张纸片，放到了床头灯下。

在灯下一照，他发现纸片上有一排类似铅笔的字迹。

不二夫君害怕极了，他一点也不想知道上面写了什么。可尽管如此，他的目光仍然不由自主滑向了那些文字。就这么一下，他还是读懂了那些内容。只见不二夫君的脸上瞬间失去了血色。

这也难怪，毕竟纸上写着如此可怕的一番话。

不二夫君：

　　不管发生什么，天亮之前你绝对不能离开你的床，也不能发出声音，你只要闭着眼躺在那儿就行了。要是敢吵闹，小心吃不了兜着走。害怕你就乖乖待着别动，只要你听话，你就是安全的。明白了吗？想活命，就这么乖乖躺着。

　　起初不二夫君吓坏了，读完这段话也没力气思考，愣了大半天。然而，随着逐渐冷静下来，一连串疑问带着一股说不出的诡异，闯进了他的脑海。

　　"这究竟是怎么回事？为什么要我待着不动？肯定会发生什么令人坐立不安的怪事。究竟会发生什么可怕的事啊……话说回来，这张纸条究竟是从哪儿掉下来的？天花板上根本就没有缝隙，窗户也是锁着的呀……"

　　正想着，不二夫君忽然注意到，屋子里不知从哪儿吹进来一股凉风。

　　"咦？窗户难道开着？"

他下意识地朝窗户的方向望去，目光落到窗户前厚厚的窗帘上，只看了一眼，不二夫君那双漂亮的眼睛就睁得似铜铃般大，好像眼珠子都要掉出来了，小脸皱得跟什么似的，眼看就要哭出来了。

天哪！你瞧！就在两片窗帘相接的地方，居然伸出了一截手枪，枪口正一动不动地对着他呢！而且长长的窗帘底下，还露出了一双长靴！

是坏蛋！坏蛋从窗户外头偷偷爬进来，躲在窗帘的后头，拿枪威胁不二夫君，要是敢乱动，就要打死他呢！那张纸条，肯定也是这个坏蛋扔过来的！

坏蛋屏着呼吸，一动不动，一声不吭地站在那儿。既看不到他的脸，也看不到他的身形。只能从手枪、微微鼓起的窗帘和长靴来大概判断他的位置。

就是看不到，才更让人觉得恐怖。要真看见坏蛋长什么样儿倒还好，就因为看不见，感觉就跟撞见了什么鬼怪一样，森森的凉意从心底油然而生。

在故事书里写着，那个被怪盗袭击的小姐吓得浑身发抖，牙根都咬不稳了。当读到这一段的时候，不二夫君还觉得奇怪："什么叫牙根都咬不稳呀？"这会儿，他终于懂了。这上牙和下牙，还真是合不拢，咬不住。全身上下都在不停地打战，牙齿磨得咯咯作响，止也止不住。

不二夫君只能很没出息地一边抖个不停，一边缩在毯子里，动弹不得。违抗歹徒的命令去求救，或是逃出房间什么的，他是想都不敢想。要是他这么做了，铁定没命。因为从两片窗帘之间伸出来的手枪可是会发射子弹的。

这个房间是不二夫君和父亲共用的卧房，所以，他旁边父亲的床空空如也。靠枕头边儿的墙壁上，有一个呼叫书生和保姆的按铃。只要跑个两三米，他就可以按下铃叫人过来。

可是，不二夫君就连走到按铃旁边也做不到。因为他要是下地走，歹徒的手枪肯定会射击。

不二夫君只能像这样，感觉自己的魂儿都出了壳似的，蒙着眼睛，瑟瑟发抖。不一会儿，不知从哪儿传来一阵奇怪的声响。

咣啷咣啷，咣啷咣啷，似乎是桌椅被挪动的声音，还能听见敲打墙壁的声音，感觉有人在走来走去。

"咦？是不是从客厅传来的声音？歹徒是不是潜入了客厅，企图盗走那些珍贵的油画和摆设啊？"那间宽敞豪华的客厅和卧室只有一墙之隔。在那间客厅里，正如前面说的，摆放着无数精美的装饰品。在这栋房子里，歹徒会看中的，除了那些昂贵的宝贝，还能有什么？

隔壁的动静越来越大，听上去简直就像在大扫除或是搬家。恐怕是歹徒觉得，书生和保姆的房间都隔得老远，而不二夫君又被枪口指着，所以没人能奈何得了他吧。这帮歹徒在屋子里翻箱倒柜，为所欲为，好像这宅子里没人住似的。听这动静，歹徒不止一个人，恐怕得有两三个。

动静这么大，恐怕不止画作和摆设，椅子、桌子、地毯，他们肯定是打算跟搬家似的，把值钱的东西统统抢走。说不定，门外还有歹徒们的大卡车接应呢。

不二夫君一想到这儿，顿时觉得很对不起父亲，心里又慌又恼，可惜却束手无策。在窗帘中间，那支手枪就那么执着地瞄准他，动也不动，一点儿要离开的意思都没有。那个一声不吭的诡异怪人，就在窗帘的后面死死地盯着不二夫君。

― 千奇百怪 ―

这一个晚上是多么的漫长！不二夫君觉得简直过了一个月。发生了这么可怕的事，经历了长时间的刺激，不二夫君的心脏仿佛都麻痹了，整个人呆呆的，甚至怀疑自己下一秒就会失去意识。

举着枪的怪人一整晚都站在窗帘后面，动都没有动一下。于是，可怜的不二夫君只能死死地盯着窗帘，彻夜未眠。

然而，这个无比漫长的夜晚还是过去了。终于，夜空开始一点点亮了起来，房间里渐渐蒙上了一层模糊的白色，送牛奶的车从马路上经过的声音，还有纳豆小贩的吆喝声，都传了进来。

"啊！太好了！终于挨到早上了！可是，歹徒们肯定把客厅里的东西一件不落地全偷走了。不过，唉，说真的，我只是个小孩儿，什么也做不了，太不甘心了！"

不二夫君虽然觉得不甘心，但他还是松了口气，朝窗帘那儿一看……啊！这家伙到底有多么执着，多么厚颜无耻啊！他居然还一动不动地站在那儿，举着枪，从窗帘下面探出长靴，一声不吭地就这么站着。

看见这一幕，不二夫君吓得脊背一凉，又把脖子缩进了毛毯里。

这个怪人到底是想干什么？把隔壁客厅搞得咣咣直响的那群同伙明明早就走了，就他一个人一直留在这儿，到底是为了什么呢？

外面似乎渐渐热闹了起来，微白的阳光从窗帘上方的缝隙里透了进来。但是，因为窗帘布格外厚实，而窗外又有大树遮挡，还是没法透过窗帘看清歹徒的身影，只能从窗帘隆起的褶皱确认他的存在。

枕边的座钟已经指向了六点十分。没多会儿，书生喜多村就该来叫不二夫君起床了。

听，走廊上已响起了脚步声。是喜多村。那轻快的步伐一听就是喜多村的。

不二夫君一听到脚步声，没觉得安心，倒先紧张了起来。"要是喜多村闯进来，窗帘后的家伙肯定不会按兵不动的。要是他逃走了倒还好，可要是他忽然朝喜多村开上一枪的话，那可就出大事了。"

这么一想，不二夫君慌了神儿。

可那位蒙在鼓里的书生这会儿已经到门口了，敲了两下门，然后直接开门走进了卧室。

"喜多村，不行！不能进来！"

不二夫君担心书生的安危，顾不上危险，脱口喊了出来。

"啊？少爷，你说什么呢？"

喜多村吓了一跳，在门口站住了脚，但眼尖的他，一瞬间就发现了窗帘背后的人影。

"喂，是谁在那儿！"

别说逃了，喜多村竟然朝歹徒冲了过去。不二夫君担心喜多村，喜多村也害怕少爷出事儿，忘记了自己的安危。

"喜多村，别去！"

不二夫君立刻跳下床，从背后拉住书生的手，想要拖住他。

然而，喜多村已经顾不得了，连明晃晃的枪口都视若无睹，朝窗帘一步步靠了过去。喜多村是个勇敢的小伙子，而且他还拿了柔道初段的证书，有点拳脚功夫。

"嘿！不吱声儿么？好你个小毛贼，哼！看你往哪儿逃！"喜多村英勇得像头大狼狗，涨红了脸破口大骂，紧接着猛扑了过去，和窗帘撕扯在了一起。

"小、小心！歹徒有枪！"

不二夫君仿佛听到了"嘭"的一声枪响，觉得下一秒喜多村就会倒在一片血泊之中，吓得屏住了呼吸。

然而，枪声并没有响起，取而代之的是一阵噼噼啪啪的可怕声音。咦？怎么会这样？书生扑过去的时候力道太猛，竟然把窗帘后面的玻璃窗给打碎了！他顺势摔倒在地。

有好一会儿，喜多村和不二夫君二人就好像丈二和尚摸不着头脑，两双眼睛在屋子里环顾了几圈，这才注意到，因刚刚那一通混乱而掀起的窗帘的梁上，一把手枪用绳子拴着，晃晃悠悠地挂在那里。而窗帘的下面，还横躺着两只长靴。

不二夫君见此情景，顿时满脸通红。一想到自己这一整晚就是被一把用绳子吊着的手枪和一双长靴吓得大气儿都没敢出一口，他羞得无地自容。

"什么嘛！还以为是个人呢，结果只有一双长靴，骗得我团团转……少爷，这是您的鬼主意吧？"

喜多村的手指好像受了伤，他滋滋地吮吸着手指，皱着眉头瞪着不二夫君。

"才不是呢！肯定是小偷干的！"

不二夫君依旧满脸通红，有些同情地望着书

生，把昨晚发生的事简明扼要地讲了一遍。

"啊？你说什么？那，客厅里的家具……"

"是啊，那么大的动静，肯定全都被他们给搬光了！"

"那得赶紧去看一下，少爷你也一块儿来。"

穿着大学生制服的喜多村和一身睡衣的不二夫君，穿过还很昏暗的走廊，快步朝客厅走去。

客厅的入口处，两扇左右开的雕花大门紧闭着。两人都有点儿发憷，站在门口对望了一阵。终于，喜多村把心一横，默默地把大门开了一条缝，从门缝小心翼翼地朝屋内望去。然而，喜多村望了一眼便回过头来，一脸惊奇地看着不二夫君：

"咦？少爷，这可奇怪了。你不会是做了场梦吧？"

"你说什么？怎么可能是做梦！我可是听得一清二楚啊！你干吗一脸奇怪啊？"

"当然奇怪了，你自己看。客厅里的东西不是一件都没少吗？"

"咦？是吗？"

二人立刻进了客厅，拉开窗帘，环视着四周。

实在是太不可思议了。墙上的油画、摆在暖炉置物架上的银花瓶、银制的座钟……宝贝真是一件也没少。椅子和桌子也摆放得和平时一样，地毯也不像被掀开过。关键是，就连窗户也没有被人打开过的痕迹。

不二夫君惊得目瞪口呆。明明昨天晚上动静大得跟搬家似的，客厅里的东西竟然连一点儿被挪动过的痕迹都没有。总不会是闹鬼了吧？

也有可能出事的不是客厅，而是其他房间。于是，二人把宅子里的房间一间一间地走了个遍，发现全无异样。之后，二人又回到客厅，一屁股瘫坐在扶手椅上，一头雾水，满脸茫然地对望着彼此。

"怎么可能是做梦啊！你瞧，真有这么一封信落到了我的床上啊！这就是我没做梦的证据。真的有一群歹徒偷偷进家里来了！"

不二夫君取出了昨晚的那封恐吓信，递给喜多村看。为了保留证据，不二夫君小心地把它收在睡衣的口袋里了。

"是啊，所以我也觉得怪得很。少爷，我看这件事情很蹊跷，简直像是侦探小说里写的那些稀奇古怪的事件呐。"

"我刚刚一直在想，这怕是得找来大侦探明智小五郎才能解决吧。"

不二夫君清楚地记得大侦探的全名。他身着睡衣，煞有介事地抄着手，小声地嘀咕。

那么，各位看官，你们觉得这个难以解释、跟鬼故事似的事件，到底意味着什么？很明显是有一群小偷进了宅子。然而，家里的物件竟然一件都没少。谁也想不到会有这么莫名其妙的事情发生。会不会是不二夫君和喜多村把某件丢失了的贵重物品看漏了呢？说不定，那是一件比客厅里的装饰品贵重百倍千倍，让人大吃一惊的重要物品呢？

— 狮子的下巴 —

　　不二夫君和喜多村正琢磨着，这时外头传来了汽车的声音，是不二夫君的父亲回来了。他乘坐一大早的车回到了家。

　　不二夫君和喜多村赶紧奔到门前迎接。不二夫君连欢迎父亲回家都顾不上，就上气不接下气地把昨晚发生的怪事讲了一遍。

　　他的父亲宫濑矿造今年四十岁，胖胖的脸颊，面色红润，留着精致的胡子，一看就是个精明能干的企业家。他在一家大型贸易公司担任总经理。

　　宫濑先生听了不二夫君的话，不知为何，吓了一大跳，立马冲进客厅，仔仔细细地把里面的物品查看了一遍。果然是一件也没少。

"爸爸，您说这到底是怎么一回事啊？我实在是想不通。"

"嗯，我也不知道是怎么回事。不过，说不定……"

宫濑先生脸上露出不二夫君从来没见过的担忧神色，一直在思考着什么。

"嗯？说不定什么？"

"说不定，我们家最重要的东西被偷了。"

"最重要的东西，是什么？"

"一份文件。"

"那我们就找找那份文件啊，看看是不是丢了。"

"问题是，爸爸也不知道那份文件放在哪儿呀。"

"啊？连爸爸都不知道？是您忘了？"

不二夫君一脸奇怪，定定地看着父亲的脸。

"不，我不是忘了，是从来就不知道。不过我知道，这份文件肯定是藏在这所房子的某个地方。建这所宅子的伯父没告诉我藏文件的地方就去世了。他病得太急，也没来得及留遗言。"

"那，这么重要的东西，是不是藏在客厅里的什么地方了？那帮小偷是不是翻箱倒柜地把它找出来，然后偷走了？"

"看样子只有这种可能了。闹出这么大的动静，不可能什么都没偷走。"

之后，不管不二夫君再问什么，父亲也不再回答了。一定是有什么秘密，一个重大的秘密，甚至不能轻易让还是小孩子的不二夫君知道。一定是这样。

宫濑先生显得忧心忡忡，一边思索着，一边在客厅里走来走去，不一会儿，似乎想出了什么好主意，一双大手一拍，对一旁的书生说道：

"我说，喜多村君，你知道大侦探明智小五郎吧？"

"嗯，名字我听过。刚才我还和少爷说起这个明智侦探呢。"

喜多村听了明智的名字，高兴地回答道。

"哦，不二夫也知道啊。不二夫，爸爸觉得这件莫名其妙的事情应该拜托那位明智侦探来解决。你觉得呢？"

"对，我也是这么想的，明智先生一定能解开这个谜团的。"

不二夫君兴奋得两眼放光，开心地望着父亲。

"看样子你很信任他。连你这样的小学生都如此信任，他肯定是个很了不起的人。好，那咱们就拜托他吧。喂，喜多村，你去查一下明智侦探事务所的电话号码，请明智先生接电话，我亲自和他说这件事。"

打完电话，明智小五郎接受了宫濑先生的委托，立刻朝不二夫君家赶来。

一个多小时后，明智小五郎像洋人一样高高大大的身影出现在了客厅里。他此时正站在不二夫君等人的面前，目光炯炯，鼻梁高挺，犀利的面容看上去机智过人，一头鬈发懒散蓬松，活像画里的古希腊勇士。

宫濑先生请明智侦探坐下，正式地打过招呼

后，将昨晚发生的事情原原本本地叙述了一遍。

"我明白了。费了这么大的功夫却什么也没偷，这绝不可能。我也认为，这个房间里一定是少了什么东西。接下来，我想马上调查一下这个房间，麻烦你们让我一个人在这里待上一会儿，好吗？"

明智微笑着，干脆利落地说道。

于是，宫濑先生带着不二夫君和喜多村退出客厅，去了别的房间，大约三十分钟后，呼叫铃声响了起来，调查已经结束了。

宫濑先生和不二夫君急急忙忙跑回客厅，发现明智正拿着一张小纸条，一动不动地站在房间中央。

"您知道这是什么吗？这张纸条掉在那把长椅下面。我把这个房间每一个角落都查看了一遍，看来这帮歹徒确实狡猾，一点儿线索都没让我发现，只留下了这一枚小小的纸条。"

宫濑先生接过纸条，细细查看，却对它一点印象也没有。

这是一枚长约五厘米,宽约一厘米的小纸条,上面写着这样一行奇怪的数字:

$$5+3\cdot 13-2$$

"不二夫,这张纸条是你掉在这儿的吧?"

"不,不是我,字迹和我的完全不一样。"

书生也说毫不知情,把女佣们叫来询问,也都回答说没印象。

"既然大家都不知道,就只能认为这是昨晚那帮歹徒不小心落下的了。"

"有可能。但是,单凭一张小纸条,也找不出什么和歹徒有关的线索呀。"

宫濑先生兴味索然地说道。可明智却伸出修长的手指,摆弄着拳曲的头发,意味深长地笑了笑。

"不,我可不这么认为。如果这真是歹徒落下的,那上面写的这一串数字就很可能有什么含义。"

"这不是小学一年级学生都会的简单加减法

吗？您说这么一串数字，能有什么含义？"

"好吧，请等等。五加三等于八，十三减二等于十一。八和十一再……啊，也许是这么回事儿！"

似乎是想到了什么，明智一边说，一边快步向房间一侧的墙壁走了过去。

这面墙壁上嵌了一个烧木炭的旧式暖炉，暖炉上方的大理石置物架上，放了一座带有纯金雕饰的座钟。

明智走到暖炉前，用双手捧起座钟，把钟的背面和底部仔仔细细地查看了一遍，似乎并没有什么发现，有些失望地将它放回了原处。

"不是它，应该是别的什么东西。八和十一，八和十一……"

明智神神叨叨的，嘴里念着一些莫名其妙的话，又回到了屋子中间，认真地观察着四周。

不二夫君站在爸爸身后，仔细观察着明智的一举一动。一想到那个大名鼎鼎的侦探就在自己的面前，不二夫君兴奋得身上起了一层鸡皮疙瘩。

在屋子里四下观察了一阵，明智的目光又回到了暖炉上的置物架上。

"嗯，是它，一定是它。"

明智好像已经忘记了周围的人，心无旁骛地嘀咕了一句，就快步跑到暖炉跟前，就地蹲下身去，做出了一些奇怪的动作。

那个大理石置物架被放置在一个木制的支架上，这个支架就像一个画框，把暖炉框在了里面。支架和置物架的大理石板相接的部位上，刻着一连串圆形的浮雕。

不二夫君曾经数过这些浮雕，知道这些圆形的浮雕一共有十三个。它们就像十三个倒扣着的小碗一样，横向排列在一起。

明智开始来回数着这一串圆形浮雕，一会儿从左数，一会儿从右数，还跟拧螺丝似的把它们一个个地扭过来，扭过去，就像一个小孩儿在搞恶作剧。

不过，看样子进展并不十分顺利，于是他停下手上的动作，一会儿歪着脑袋，手扶额头静静思索，一会儿又盯着那张小纸条，口中念念有词。突然，"啊，对了！"他自言自语道，随后又开始摆弄起那些圆形浮雕了。片刻之后，他似乎终于看出了门道，站起身来，面对着其他几人，笑眯眯地说道：

"我知道了，这里有机关。接下来，这个房间的某个地方会发生一些奇怪的现象，请大家注意。"

说罢，他又一次在暖炉前蹲了下来，抓住从左边数起的第五个圆形浮雕一点点朝右转动，接下来又抓住第十三个朝左转动，这时，只听什么地方发出"咔哒"一声异响。

"啊，狮子的嘴巴张开了。爸爸，你快看哪！那边柱子上的狮子，嘴巴张开了！"

不二夫君最先发现这件事，并高声喊了出来。

随着他的这一声喊，一屋子的人都朝着不二夫君所指的方向看去，那只狮子果然张开了它的嘴巴。

在暖炉的那面墙上，有一个长约三十厘米的突出部分，看上去像个柱子，上面刻了一个青铜狮子头，那是房间里的一个装饰。青铜狮子一直紧闭着的嘴竟突然大大地张开了。

"啊，那头狮子的下巴里有机关。"

宫濑先生恍然大悟，喃喃自语道。

"是的，只要照着这张纸条上的数字转动暖炉上的圆形浮雕，就能启动墙壁后面的机关，打开狮子的嘴巴。当然，那头狮子的口中便是隐藏秘密的地方，而歹徒肯定是从那里偷走了什么重要的东西，毕竟他还专门准备了这么一张写了机关暗号的纸条。"

明智一边说明，一边快步走到狮子面前，踮起脚尖，把右手伸进了它张开的口中。

"里面什么都没有。"

"哦，歹徒果然偷走了里面的东西啊。"

宫濑先生面色苍白，万分失落地叹息道。

—猫眼石戒指—

过了一会儿,宫濑先生似乎想起了什么,便对明智侦探说有秘事相商,支开了不二夫君和喜多村,将房门关好,和侦探两个人隔着桌子相对而坐。

"刚才我也和您说过,我对藏东西的地方是一无所知。但是我很清楚,在这所房子的某个地方,藏有一封重要的书信,是我过世的兄长藏的。

"兄长过世,把这所房子留给我也有一年多了,这期间我每天都把这所房子的每个角落搜个遍,却始终没找到藏秘密的地方。而您只花了短短一个小时,就把它找到了。您究竟是怎么发现这个秘密的?"

宫濑先生是打心眼里佩服，目不转睛地望着明智的脸。

"不，我可不是靠自己解开谜题的，我靠的是这张纸条。一切都是这张纸条告诉我的。"

明智回答道，面上依然带着微笑，丝毫没有骄傲的神色。

"这我自然明白。我知道这张纸条是个线索，可您是怎么注意到暖炉上的浮雕的？简直像变戏法似的，在下愚钝，实在是参不透其中奥妙。"

"其实也没什么大不了的。"

明智看上去满不在乎。

"我一开始也完全想错了，光顾着去做五加三得八，十三减二得十一的加减法了。于是我环顾整间屋子，想找找这里有没有什么东西是八个，或者十一个的。这时候我注意到了那个座钟，因为钟面上刻着一到十二的数字。

"我忽然想到，也许是把座钟的指针拨到八点或是十一点，就能打开隐藏秘密的地方。

"可是，我仔细查看了那个座钟，却没发现它有什么猫腻。于是，我又站回屋子的中央，静下心来，环视四周。而这一回，我发现了那个置物架下面的浮雕。

"接着我试着移动那些圆形浮雕的第八个和第十一个，然而还是失败了，浮雕纹丝不动。

"我只得再一次端详纸条，看着那些数字，我忽然冒出了另一个想法。

"这个'+'和'−'的符号会不会不是指加法和减法，而是要告诉我别的信息呢？于是我试着不去做加减法，而是用原来的数字来尝试，也就是用五和十三。

"这时，我先尝试动了动左数第五个浮雕，发现它似乎是活动的。我试着把它往右边拧，居然拧动了。

"说不定，这个五加三是转三下的意思。这么一想，我往右拧了三下，手上感觉到有轻微的阻力，浮雕停止了运动，固定在那儿了。

"接着是左边数第十三个浮雕。试了试，果然拧得动。但是得往左拧，不是往右。

"到了这时，我终于弄懂纸条上的数字是什么意思了。'+'是叫人往右拧的符号，而'-'与之相反，是叫人往左拧的符号。13-2，也就是说，把第十三个浮雕往左拧两下就行了。

"果不其然，那狮子的嘴就张开了。"

"原来是这样啊。那张纸条上的数字，就和打开保险箱的密码一样啊。可话说回来，您竟然能注意到暖炉上装饰用的浮雕，专家果真是不同于凡人啊。换了我们是肯定想不到的。"

宫濑先生佩服得五体投地，对侦探的智慧大加赞赏。

"我虽然不知道狮子的嘴里究竟含了什么东西，但既然那些歹徒费这么大功夫都要把它偷了去，可见它确实非同寻常。"

"不错,那东西确实价值连城。"

宫濑先生唯恐被人听见似的,郑重其事地耳语道。

"啊?价值连城?到底是一份什么文件?"

就连见多识广的明智侦探也震惊了。

"是一份暗码,暗示着价值连城的金块的隐藏地点。突然这么跟您说,可能您不太理解,这件事背后有着很深的渊源。我希望您能从歹徒手中帮我夺回那份暗码,现在我把这个没有跟任何人说起过的秘密告诉您。其实是这么一回事。

"我的祖父名叫宫濑重右卫门,在明治维新以前,曾是江户一带屈指可数的大富豪。

"重右卫门这个人,可以说是个胆小鬼吧。闹维新的时候,他听闻江户会发生大规模的战争,想着像自己这样的商人不知会遭遇什么样的变故,于是把攒下的一百多万两金银财宝和其余家产尽数变卖,全部换成了金块,装了几百个箱子,埋到了偏远的深山里。

"刚才我说的金块,其实就是一堆大小金币,准确地说是大小金币堆成的山。我的兄长一直叫它们'大金块'。

"那之后,重右卫门带着一家老小,躲到了山梨县的一个小山村里,后来就死在了那里。弥留之际,给他的儿子——也就是我的父亲——留下了暗示宫濑家族宝藏埋藏地点的暗码。

"重右卫门也和我的兄长一样,死于急病,因此也没来得及交代清楚。所以,虽说我的父亲拿到了暗码,却没能解开,只是把暗码当作除了身家性命之外第二重要的东西,一直收藏着。

"父亲亡故后,这份暗码就传给了兄长。兄长和我来到东京,吃了很多苦头,总算两个人过得都还算不错,可我这个兄长也是个怪人,他一有了些财产,就建了这么一座奇特的洋房,不再和外人打交道,开始摆弄起古董来了。

"我这个与众不同的兄长唯恐如此重要的暗码被盗,煞费苦心地想出了一个奇怪的主意。就是把写了暗码的纸条裁成两半，我和兄长各拿一半，藏到一个秘密的地方。他的想法就是这么稀奇古怪。

"另外，宫濑家有大金块的消息，不知不觉间就传开了，有人求我们高价出让暗码，甚至有一次兄长家里还进了小偷，于是我们开始感觉到危险。

"兄长说过，他费尽了心机，把他的那半张暗码藏在了这所洋房里一个谁也不知道的地方。而且还说'我活着的时候，是不会告诉你藏暗码的地方的。等我死了，我会在遗言里和你交代'。

"然而一年多以前，兄长因为急病去世，等我赶到的时候，他已经停止了呼吸，没来得及留下只言片语，我最终也没能得知他藏暗码的地方。

"因为曾听他提过几次，暗码就在这房子里，我便立即搬进了兄长的家里。整整一年，我找遍了房子里的每一个角落，却怎么都找不到隐藏那一半暗码的地方。居然是在狮子的口中，真是意想不到。"

"这么说，盗贼偷了暗码，也没什么用了？"

明智注意到这一点,打断了对方。

宫濑先生忽然开心地笑了起来:

"哈哈哈……正是如此。就算他煞费苦心地偷到了那一半暗码,也派不上什么用场。因为另外的那一半暗码,你瞧,一直由我贴身带着呢。"

说着,宫濑先生取下右手无名指上的一枚大戒指,递到明智的面前。

"另一半就藏在这枚戒指里面。这也不是我想出来的,是兄长的主意。这上面的宝石可以拆下来。"

逆时针一圈一圈地旋转这颗猫眼石,石头便脱离了底座,只见它的下面露出了一个直径三毫米、像水晶一般透明的小石头,就镶嵌在戒指上。

"就是它,秘密就在这颗芥子粒儿大小的玻璃珠上。把戒指拿到眼前,对着窗户,往这颗玻璃珠里面看,暗码就在里面。非常巧妙吧?我的兄长没有把这半边暗号直接给我,而是做成了芥子粒儿大小的照片,然后把它夹在两个小小的凸镜中间,做成了这个玻璃珠。本来这种微型照片用肉眼很难看清,但玻璃珠成了放大镜,把它放大了。外国剪刀上经常嵌有这种玻璃珠,往里能看见女明星的照片什么的。这颗玻璃珠就是模仿了那种工艺。兄长说有它就足够了,所以就把那半张暗码烧掉了。"

明智照宫濑所说,将戒指上镶嵌的玻璃珠拿到眼前,对着窗户观察。你猜怎么着?就像用显微镜观察事物似的,在这只有三毫米的玻璃珠里,他竟然清清楚楚地看见下面这么一行文字:

ししがえぼしをかぶるとき

からすのあたまの①

"这全是平假名,看不出是什么意思啊……"

"我已经看过无数次了,可以断出句来。头一句是'狮子戴上高帽子之时',后一句是'乌鸦头的'。反正除了这么读,应该没有别的断句方法了。我当然不知道是什么意思,而且这只是暗码的一

---

① 这是一段用日文平假名写成的文字。

半，如果不把两段暗码合起来，也没办法解开。"

"嗯……原来如此，'狮子戴上高帽子之时'啊。这句话还真奇怪。"

明智平日里对解读暗码情有独钟，所以他一直盯着那个芥子粒儿大小的玻璃珠，专心致志地研究。

"狮子戴上高帽子"到底是什么意思呢？戴高帽子的狮子，就连在画上也从没见过。况且，后面那句"乌鸦头的"也令人费解。这暗号，读来真是令人毛骨悚然。难不成埋藏在某个深山老林里的价值连城的金币旁边，有一只戴高帽子的狮子和一只巨型乌鸦，在一动不动地看守着吗？

—电话里的声音—

宫濑先生和明智侦探正讨论着那不可思议的暗码，只见书生急急忙忙地闯了进来，通知自家主人，有一通电话找他。

"谁打来的？"

宫濑先生转过头，有些不耐烦地朝书生问道。

"说是不用说姓名您也知道。我问有什么事，他只说是极其重要的事情，除非是您本人接听，否则不便透露。"

"这倒怪了，总之先转接到这部电话上来吧，我来问他。"

于是，宫濑先生走到待客室一隅的一张小书桌前，拿起了电话听筒。

"喂，我是宫濑，您是哪位？"

他随口问道，只听听筒中传来一个异常嘶哑的声音，十分诡异。

"您真是宫濑先生吗？不会有错吧？"

"我就是宫濑。请赶快说明您的意图。您到底是哪位？"

宫濑先生有些恼怒，口气强硬了起来。

"啊，是吗？那么请您听好。在下正是昨晚趁您不在时，来府上叨扰的人。呵呵呵……即使我不自报家门，您也清楚了吧？"

那话语字字惊悚，那笑声毛骨悚然。天哪，怎么会有这种事，小偷自己打来了电话！昨晚偷出半边暗号的歹徒胆大包天，居然把电话打上门来了！

这一切太过突然，宫濑先生一时想不出该如何应对，迟疑了一会儿。对方似乎有些焦急，又开口说道：

"喂，您可别挂断电话哟，我可是有要紧事要跟您商量……看样子，您是被吓到了吧？呵呵呵……这也难怪。毕竟小偷自己打来电话,可不是常有的事儿。您不妨先听我说,今天我打算和您谈一笔买卖,绝对没有动粗的意思。"

大侦探明智小五郎见宫濑先生脸色大变,立刻走到电话旁,把耳朵凑近宫濑先生手中的听筒,仔细听着听筒里对方微弱的说话声。

宫濑先生望着明智的脸,那眼神似乎在问:"我到底该怎么办?"侦探则用目光示意:"没关系,你且听对方到底怎么说。"

"总而言之,您先说有什么事吧。"

宫濑先生无可奈何地回答道。于是那令人发憷的嘶哑声音便马上说起了正事。

"想必您已经知道了,我昨晚为了得到您家代代相传的暗码而拜访了贵府,然后我顺顺利利地得到了那半张暗码,现在看来光有一半也没什么用。另一半,我想一定是被您藏到什么地方了。我想买您手上的那另一半。

"怎么样?愿意做这个买卖吗?我可有的是钱。

我就花两千万日元来买吧。就那么一张小纸条，两千万日元您不觉得是个好价钱吗？

"暗码的一半已经到了我手上，所以您手中的那另一半等同于一张废纸。只有一半可解不开暗号。怎么样？我可是打算用两千万来买您手中的一张废纸，卖不卖？"

瞧这如意算盘打的，他这是打算用区区两千万日元来收购价值连城的东西呀！

宫濑先生与明智侦探稍作眼神交流，便回答说不卖。

"那么，再多加两千万吧，我出四千万，您就卖给我吧。怎么，四千万您嫌少？请您好好想想，这个暗码可是您爷爷写的，已经过去几十年了。这么多年，您家里人不是没能解开这个暗码吗？就算凑齐了暗码，凭您几位的智商，恐怕也解不开吧。

"一个解不开的暗码，您收藏得再妥当，也没有丝毫用处，不是吗？更别说现在只剩半张了，对您来说，它简直是一文不值。对这么一张废纸一样的东西,我可是要花四千万来收购,您就卖了吧,卖了它可是为您好啊。"

歹徒实在是太霸道了,宫濑先生甚至觉得有些好笑,他也想好好捉弄对方一番。

"哈哈哈……不行不行,这个价钱我可不卖,而且我还想买回你偷走的那一半。如何?你有没有意向把你的那一半卖给我呢?"

"呵呵呵,您跟我来这一手啊。好吧,我卖给您。不过我要价可有点贵。二十亿,这二十亿可是一分一毫也不能少。怎么样?您打算买吗?呵呵呵……恐怕不会买吧。何况,您家里根本就没有二十亿。所以还是您卖给我吧,不会让您吃亏的。要是四千万您不愿意,我出六千万。什么?您还嫌少?那我就再加一点,一亿日元。如何?一亿日元,您卖还是不卖?"

歹徒就像是在开玩笑似的,一点点抬高价钱。

"别再浪费口舌了,管你是一亿还是三亿,你以为我是会和小偷做交易的人吗?你还是小心点儿，别被警察抓住了。如此重要的暗码失窃，我可不会就此善罢甘休。"

宫濑先生义正辞严地拒绝了歹徒的要求。

"哼哼，这就是您的最终答复么？枉费我一番好意。如此一来，您可是会一无所有的。既然您不卖，那我不买就是了。敬酒不吃吃罚酒，下次我可能会采取一些更粗暴的手段，您还是小心点好。我会用尽一切手段，把您手上的暗码弄到手的，等着瞧吧。"

"你要是有这个本事就试试看吧，我这边可是有大侦探坐镇！他可是你们的克星。"

"呵呵，您说大侦探？明智小五郎么？对我来说倒算是棋逢对手，就让我和这个明智侦探用头脑来一决高下吧。

"好了，您自己当心。从现在起，任何事都可能发生，到时候别哭丧着脸。对了，我还是提醒您一句，您别妄想着查到我的地址，因为我用的是公共电话。"

到此，电话就切断了。

一场战斗就此打响。

虽然还不知道小偷是何方神圣，但就冲他敢厚颜无耻地往受害者家里打电话，可以推断他肯定是个胆量过人的恶棍。

那歹徒对宫濑先生说"从现在起，任何事都可能发生，到时候别哭丧着脸"，这话听上去是如此的自信，他究竟在预谋什么可怕的计划呢？

歹徒应该还没有察觉，暗码的另一半就藏在宫濑先生的戒指里。那么，他究竟打算怎么找到它呢？那个歹徒是不是另有一个更加精妙的计划呢？

究竟是歹徒得逞，还是大侦探明智小五郎获胜？看来，一场拼尽全力的头脑大比拼就要开始了。

― 替身少年 ―

"明智先生，真的没问题吗？我刚刚虽然说得那么强硬，实则担心得很。看来那家伙对暗码是垂涎已久了，简直执着得可怕，不知道接下来还会使出什么招数。一想到这个，我心里就惴惴不安。明智先生，您有什么妙计么？"

宫濑先生面色苍白，把希望寄托于大侦探机智的头脑。

"我也正在思考。我想他还会再来的，毕竟不接近这所房子，他就得不到暗码的另一半嘛。

"我们只要等他上门，然后找出他的藏身之所，把被偷走的暗码夺回来就行了。不过，他是十分狡猾的，他要是来到这儿，肯定会瞅准我们疏忽大意之时，用意想不到的招数来个攻其不备。我们要小心谨慎，以防上了他的当。"

明智把手指戳进自己拳曲的头发里，静静地想了一会儿。紧接着好像想出了什么主意似的，笑眯眯地说道：

"嗯！这个办法不错！宫濑先生，我想出了一个好主意。这么一来就没问题了，不必担心对方有所察觉。请借电话一用，我想把我的助手，一个叫小林的孩子叫到这儿来。"

宫濑先生吃了一惊，愣愣地看着他，而明智这会儿已经拿起了电话，朝明智侦探事务所拨了过去。

"……小林君吗，我需要你马上过来，宫濑先生家，你知道吧？哦，还有，把那个化装盒带来。坐车来，要快。好，我等着你。"

等电话挂了，宫濑先生十分诧异地问道：

"明智先生，您说的好主意到底是什么主意？可以告诉我吗？"

"是这么回事。"

明智还是笑眯眯地，开始向他说明。

"如果歹徒为了实施他的计划而再来这里，我们就必须有所提防，而最好的办法就是我住在这里看着。可这样一来，对方肯定会有所顾忌，也许就不来了。

"就算我乔装打扮，但毕竟家里凭空多了一个人，像他那么狡猾的人，肯定会起疑心的。再说，您刚才就不该把我的名字告诉那个歹徒。知道了我介入这个案子，他必定会更加小心。

"所以，我一直在想，应该让什么人来代替我，于是想到我的助手小林。

"我之所以找小林来，是有原因的。其实，从我刚到这所宅子的时候就注意到，您家的小少爷，是叫不二夫君吧？看这孩子的身材和圆脸蛋，和我的助手小林长得挺像的。年纪嘛，应该是小林要大些，但小少爷身体壮硕，身高应该差不多。

"于是，我冒出了个奇怪的想法，有点离谱，也许会让您大吃一惊。我想让小林做不二夫君的替身，在这里住上一段时间。"

听了这一番话，果不其然，宫濑先生的眼睛瞪得老大。

"什么？不二夫君的替身？那您到底打算怎么做呢？"

"让小林假扮成不二夫君，住在不二夫君的房间里，晚上就睡在不二夫的床上。不过，总不能让个替身天天到学校去上课，所以您干脆谎称他感冒了，在家休息。然后只要等那歹徒找上门来。小林虽然还是个孩子，但他的本事已经足以代替我了，他绝不会把事情搞砸的。"

"原来，您是这么打算的啊。不过，真正的不二夫怎么办？有两个不二夫，那不是很奇怪吗？"

"真正的不二夫君，我想就由我暂时照管两天吧。就让他假扮成我的助手小林，住在我家里。学校只能先暂时请上几天假了，不过，我会让内人当他的老师，好好教他功课的。"

"至于为什么一定要这么大费周章，还有另一个原因。那就是我担心，在不二夫君的身上可能会发生什么危险。

"因为歹徒不知道您戒指的秘密，所以他没法直接把暗码偷到手。他一定会想法子让您痛不欲生，直到您坚持不下去。

"从这个角度想，不二夫君最容易成为目标。绑架您的儿子，然后以他的人身安危作为筹码，要求您交出另一半暗码，这可是常见的把戏。我害怕歹徒会起歹心。刚刚那通电话里的语气，就让我有这样的感觉。"

"哦……原来是这样，您这个主意实在有趣。这么一来不二夫就安全了，而您的小助手住在我家，也不会遭到任何怀疑。原来如此，这可真是个妙计。"

宫濑先生心里十分地佩服。自己的掌上明珠不二夫君要真是被绑架了，那可不得了。而明智侦探未雨绸缪地帮他避免了这件事，真是太让人放心了。于是,宫濑先生很高兴地采纳了明智的建议。

之后没过多久,屋外传来汽车的声音,小林君手里提着个小小的箱子,由书生领着进了宅子。

明智侦探把小林君介绍给了宫濑先生,接过那个小箱子,稍微翻看了一下里面的东西后点了点头,便啪地一声关上了。

"宫濑先生,这是我乔装用的化装箱,里面装有不少颜料和刷子之类的工具。"

之后,明智让人把另一个房间里的不二夫君叫过来,然后带着他和小林一块儿进了化装间。

不二夫君听说要假扮成小林少年,不仅没有不乐意,反而乐得手舞足蹈。一想到自己能扮成那个有名的小助手,到日本第一大侦探的事务所里生活,他简直开心坏了。

三十分钟后,明智侦探带着一左一右两个化好装的少年回到了客厅。

"哦!这可真是!你是不二夫吗?完全变成少年侦探了,还有小林君,穿着这身小学生服,简直和不二夫一模一样。明智先生，没想到您的技术这么到家，真是令人惊叹。"

宫濑先生心服口服，将两个少年来回观察比较。

之后，双方将诸多事宜商量妥当，明智侦探留下了彻底装扮成不二夫君的小林助手，带着变身为少年侦探的不二夫君离开了宫濑家。紧跟着侦探走下门口石阶的不二夫君穿着中学生的长裤，像苹果一般红润的脸颊上绽放出开心的笑容，不管怎么看，都是大侦探的小助手。

好了，各位看官，一个世间罕见的互换身份的妙计就这样成功实施了。不过，明智侦探的想法到底是不是应验了呢？歹徒到底会不会再来宫濑家呢？他要是来，究竟会怎么来，来干什么呢？

就在这天夜里，扮作不二夫君的小林君向暂时成为自己父亲的宫濑先生道过晚安，便先上了床。可是陌生的房间，陌生的床褥，让他难以合眼，一时半会儿也睡不着。

难以入睡的他安静地望着窗户，脑海中浮现出从明智先生那儿听说的昨晚的事。

嗯，枪口就是从那两扇窗帘之间伸进来的吧。然后，歹徒的恐吓信就是从这个天花板上飘落下来的吧。那个时候，不二夫君究竟是什么心情呢？想着这些，更是令他睡意全无。

窗帘不同于昨夜，稍微拉开了一点儿，所以能看到玻璃窗户。而外面，已是如墨一般的黑暗。

忽然，他注意到在一片黑暗里，有一个白乎乎的东西在动。那是一张人脸，头戴一顶鸭舌帽，帽檐儿压得低低的，看上去十分可疑。

小林君一个激灵跳下床，朝着和窗户相反方向的房门口跑过去，打开门，张口便叫出了书生的名字："喜多村先生！"

之后，家里简直跟炸开了锅似的，除了宫濑先生，书生、小林君二人也拿着手电筒走到花园里，在发现可疑人影的地点附近找了个遍，却什么也没见着。看来是早就逃跑了吧。

明智侦探担心的事情果然发生了。歹徒和预料的一样，开始打起了不二夫君的主意。幸好，这个晚上最终什么也没发生，但照这样看来，真不知歹徒会用什么手段来绑架不二夫君，不，应该是绑架假扮成不二夫君的小林。

这种担心在不久之后终究成了真。歹徒用极其不可思议的手段将小林君给绑架了。

那到底是什么样的手段呢？被歹徒绑架带走的小林君究竟会被带到哪里，又会遭遇些什么呢？

— 魔法长椅 —

接下来的两天,就这么风平浪静地过去了。到了第三天下午,宫濑家的门口停了一辆大卡车,两个工人模样的男人扛着一个大箱子就往门里进。书生喜多村到门口一看,其中一个人看着手里的一张单子说道:

"我们是大门西洋家具店的,您订购的长椅我们给您送上门来了。"

书生虽然没听主人提起过有订购这么一张长椅,但他们以前也从这家叫做大门的店里买过些椅子、桌子什么的,彼此熟知。

"现在我家主人不在家,我什么也没听说,所以不太清楚,这确实是我们家订购的吗?"

书生和对方确认，那男人笑呵呵地说：

"肯定没错，是您家老爷亲自上我们店里定做的。说是要放在少爷的房里，所以就做得小了一点儿。"

说着，他揭开盖在长椅上的白布，这把长椅看上去真是精美豪华。

"既然这样，那你们先放下吧。不过就这么放在门口也不行啊……"

听他这么一说，工人们又热情地笑了起来："那我们就搬到少爷房里去吧，也该给少爷看看才好啊。"

书生没多想，觉得这样也好，便在前面引路，带他们去不二夫君的书房。那两个男人吭哧吭哧地搬着沉重的长椅，跟在后头。

扮作不二夫君的小林见忽然搬进来一张巨大的长椅，吓了一大跳。他想，一定是真正的不二夫君求爸爸给自己买的，而他是替身，所以对这事儿毫不知情。于是，小林少年只能凭自己的想象，摆出开心的表情。

"少爷,您还喜欢吧?我们把它做得可结实了,您想在上面怎么闹腾都成。嘿嘿嘿……您看放哪儿合适啊?"

这两个工人表面上看不出来,还挺会讨人欢心的。

于是,小林君便和书生喜多村开始商量起该把长椅放在哪儿。正在这时,门口不知是谁大喊大叫,只见女佣大惊失色地跑过来嚷道:

"喜多村先生,有个奇怪的醉汉跑进家里来,赖着不走啦!您快来呀!"

看那女佣都快哭出来了,总不能坐视不理,于是柔道初段的喜多村君答了一句:"瞧我的!"便活动了一下肩膀,跟着女佣去了门口。

搬椅子的两人目送他们离开,不知为什么对视了一眼,咧开嘴笑了起来,紧接着,其中一人迅速关上门,然后站在门口堵着,为的是不让任何人通过。而另一个,则趁小林君不备,从背后朝他扑了过去。

小林君大吃一惊，正要大声喊叫，然而就这会儿工夫，一团手帕之类的东西便塞进了他的嘴里，别说出声了，连气都喘不了了。

"好，我来抓着他，你快把他绑起来。"

从后面抱住小林君的那人悄声说道，于是站在门口的男人从口袋里掏出一根长绳，迅速跑过来，三下五除二地就把小林君乱抓乱踢的双手双脚给绑了个结实。

不用说，这两个男人就是那个偷了半边暗码的歹徒的手下。他们扮作家具店的人，大摇大摆地闯进了不二夫君的房间，然后对小林君实施绑架，并不知道小林君居然是个替身。

可是，这两个人到底打算怎么把小林君从房间里弄出去呢？门口有书生和女佣在，就算要从后门逃走，可现在是大白天，外面肯定人来人往的，派出所里还有警察守着。要这么抬着个绑了手脚的孩子，结果可想而知。

然而，歹徒们却狡猾得可怕，想出的诡计令人意想不到，简直就像是玩魔术。

这两个男人用布把小林君的嘴塞住，把他一圈一圈绑结实了，然后走到那张被抬进房间里的长椅跟前，开始了一系列奇怪的举动。

只见他们双手抓住长椅上的垫子（用来坐的那种），用力往上一抬，令人意想不到的是，坐垫被整个儿抬了起来，下面居然有一个能躺得下一个人的空间。这就是这帮歹徒阴谋诡计的关键。

两个男人不由分说地把小林君塞进坐垫底下，然后重新盖上垫子。这下，长椅又恢复了原状，从外面看，一点儿也看不出来里面居然藏了个人。

干完这一切，两个人相视一笑，又把长椅抬出了房间，吭哧吭哧地朝门口走去。

书生喜多村好不容易赶跑了醉汉，正准备返回不二夫君的房间，却见那两个男人抬着好不容易搬进屋的长椅往外走，便诧异地问他们：

"咦？这是怎么了？干吗要把它搬走？"

这时，走在前头的男人尴尬地笑了起来，开口说道：

"嘿嘿嘿……真是非常抱歉，我们把单子上的内容给看错了。保险起见，我们又确认了一下，单子上居然写的是宫田。片区和街道都一样，一不小心就看走了眼，把宫田给看成宫濑了。嘿嘿嘿……"

瞧啊，多么巧妙的借口！见对方道歉的话说得真真切切，喜多村就这么信了。

"什么呀，闹半天是宫田先生的东西呀。我正觉得奇怪呢，主人怎么会定做了椅子也不告诉我一声呢。宫田家就在我们家后头啊。"

"这样啊，嘿嘿嘿……平白无故打扰了你们，真是太抱歉了。"

两个男人一边不住地鞠躬，一边把长椅搬出房子，装进停在门前的卡车上，就这么急匆匆地开走了。

接下来，卡车约莫开出去一百来米便停了下

来，让一个等在那儿的男人上了车，又开足马力，飞奔而去了。

那个等在路边的男人，就是刚才那个在宫濑家门口大闹了一场的醉汉。没想到，那个醉汉也是歹徒的手下。

也就是说，这个男人装成醉汉把书生和女佣引到门口，让同伙趁机把小林君绑起来，藏到长椅里面，一切都是事先就算计好的。

哎呀呀，这下可糟了，青天白日的，歹徒们竟然当着女佣和书生的面，就这么把小林君给绑架了！

话说，被藏进了长椅里的小林君究竟会被带到哪儿去呢？又会遭遇些什么可怕的事呢？

— 地 底 的 牢 房 —

虽说是堂堂大侦探的助手，但小林君丝毫没有料到歹徒的手下们会扮作家具店的人找上门来，因此疏忽大意，意外地着了他们的道。

他被关在长椅里面。想叫，嘴里被塞了东西，连气都没法儿喘，想挣扎，又被绳子勒得生疼，动弹不得。

明知道自己在书生和女佣的眼皮底下被抬走，却又没法儿告诉他们"我就在里面"，小林君在漆黑的椅子里，心里万分不甘。

长椅被搬出宅子，随后又被搬上卡车，整个过程小林君都知道得一清二楚。

"我马上要被带到歹徒的藏身之处了。歹徒以为我就是不二夫君,所以一定会拿我当人质,找宫濑先生谈判,要求他交出另一半暗码。"

小林君早就从明智侦探那里详细地了解了情况,所以心里很明白。不,还不止这些,他还接到命令,万一要是被歹徒给绑架了,一定要把不二夫君的角色扮演到底,再想方设法打探歹徒的秘密,要是时机合适,就把被偷走的那半边暗码给取回来。

"哈哈,这下可有意思了。这种时候才要努力开动脑筋,立下些值得先生夸奖的功劳才行。小林助手,你要冷静,不要害怕。不管歹徒有多少手下,都没什么好怕的。有明智先生做你坚实的后盾,要是真有什么不测,先生一定会来救你的。"

小林君在剧烈晃动的卡车里如是想着,期待着早点到达歹徒的藏身之处。经历着这么可怕的事,却一点儿都不惊慌失措,真不愧是明智侦探的好助手。

大卡车朝着一个未知的方向全速奔驰了三十来

分钟,终于停了下来,长椅被卸下来,似乎被搬进了一所房子。

"终于到了!"

小林君想到这里,闭上眼,安静地思考了起来。只听见长椅被笃笃笃地搬上楼梯,但奇怪的是,不是往上,而是往下。

"咦?这是要去地下室?"

一想到要被带到地下室里,准备做得再充分,心里还是有点发毛。

下了楼梯,又走了一段,咔嗒一声,长椅被放了下来,垫子终于揭开,小林君被粗暴地从椅子里拉了出来。

由于长时间被关在一片黑暗里,忽然射入眼中的亮光十分刺眼。等看清楚了,他发现现在明明是白天,但屋子里亮的却是电灯的光。果然,这里是某处的地底下。

"好了,小鬼,现在让你稍微舒服点儿。反正在这地方,不管你怎么哭怎么闹,都不会有人听见。"

那两个粗暴的男人说着,取下了堵在小林君嘴里的布条,又解开了缠绕在他全身上下的绳索。

"跟我来,首领说想看看你那可爱的小脸儿,他可等半天了。"

说完,他们就拽着小林君,往走廊走去。

想着终于要见到歹徒的首领了,小林君的心还是怦怦地跳了起来。他努力让自己镇静,刻意挺直了腰板,摆出毫无畏惧的表情,可不能向敌人示弱。

"过来,进去!"

推开结实的大门,小林君被带进一间大约三十多平米的宽敞地下室。墙壁和地板都是灰色的水泥,桌子和椅子豪华得让人瞠目结舌。说这是首领的房间,确实令人信服。

进屋正对着的是一把安乐椅,一个奇怪的人悠闲地坐在上面。上身穿一件俄罗斯款式的黑丝绒衬衣,下身是黑色裤子,头上套着一个黑丝绒面罩,一直遮到下巴，隐藏了容貌。

那个黑丝绒面罩上，在双眼的位置开了两个三角形的小洞，洞里一双锋利的眼睛放着狡猾的光芒，乍一看，像个一脸漆黑的魔鬼。

小林君后来才知道，歹徒的首领是个谨慎多疑的人，即使在自己部下的面前，也从不以真面目示人，不管是见谁，都一定要戴着这个怪里怪气的黑丝绒面罩。

那两个粗鲁的男人先是恭敬地对首领施了一礼，说道：

"我们把宫濑不二夫带来了。"

他们押着小林君坐在了他面前。

"嗯，辛苦了。看来那把长椅上的机关挺管用啊，哈哈哈……"

蒙面首领看上去非常愉快，笑声听上去年轻而中气十足。紧接着，他俯视小林君，和和气气地对他说：

"不二夫君，难为你了。一定吓坏了吧？不过你不用担心,我不会把你怎么样的,你只要在这个地下室里待上一段时间就好。我和你爸爸有点事儿要商量商量,只要他点头同意,你随时都能回家。明白了吗?呵呵呵……从今天起,你就是我的贵客了。哈哈哈……"

首领笑得得意洋洋。

小林君心想,要是表情太过平静,难免要惹人怀疑,于是想象着不二夫君,露出又担心又害怕的可怜表情,乖乖地垂着头。

"明白了吧?乖,明白就好,在那边为你准备了房间,去房间好好休息吧。"

首领说完给那两个男人使了个眼色,于是其中一人抓过小林君手上绑着的绳子,带着他离开了。

出了首领的房间,在昏暗的走廊上走了一会儿,面前出现了一排兽笼似的铁栅栏。哦?这个地下室里难道养着猛兽?小林君正想着,只听那男人说道:"过来,小子,这就是你的房间。怎么样,喜欢吧?嘿嘿嘿……这房间看起来挺舒服啊。"

男人毫不掩饰满脸恶意，抓着小林君手上的绳子，把他从铁栅栏角落的一道小门一把推了进去。

这不是兽笼，而是地底的牢房。为小林君准备的所谓客房，看来就是这个装了铁栅栏的牢房了。

男人把小林君推进牢房，从口袋里掏出钥匙，把那扇小门咔嚓一声锁上。

"嘿嘿嘿……总之，你就在这儿好好休息吧，角落里有草席。一日三餐会给你送过来的，你不用担心。首领说了，可不能把你饿死了。"

男人在铁栅栏外头朝里面看，喜滋滋地说道。

看上去，这个牢房是个只有四平米左右的水泥房间，角落摆了一床臭熏熏脏兮兮的草垫子算是床铺，别的和关狮子老虎用的笼子没一点儿区别。小林君就这么坐在冰凉的水泥地上，一想到接下来只能住在这么个地方，心里暗暗叫苦。

"嘿嘿嘿……你怎么不说话啊？是不是这个房间太豪华了，所以惊呆了啊？哈哈哈……不过，看你小小年纪，居然一声都不哭，真是个好小子。要不然奖励奖励你，给你拿点儿东西来吧，肚子饿不饿？要不要喝点水？"

男人就这么逗弄着小林君，脸贴在铁栅栏上，一会儿瞪大眼睛，一会儿又咧开嘴做个鬼脸，玩得还挺开心。

小林君看得一肚子火，拼命忍着不爆发。他心里嘀咕："你就等着瞧吧，总有一天要你好看！"不过，听他这么一说，虽然肚子还不太饿，但嗓子倒是渴得冒烟了，便闷闷地说道："我口渴了，我要喝牛奶。"

男人一听，笑了出来：

"嘿嘿嘿……你终于开口说话了。要喝牛奶？还真是讲究啊。好，乖，那我就拿牛奶来给你喝。"

说完，他起身不知上哪儿去了。不一会儿，他拿着装了牛奶的杯子回来了。

"喏，这是你要的牛奶，放心喝吧，里面没毒。你可是我们宝贵的人质。"

接下来，趁小林喝牛奶的工夫，男人又在那儿扮鬼脸,开些奇怪的玩笑,逗弄了他好一阵。后来大概也腻了,仔细查看了小门上的锁后,就离开了。

小林看看手表,还好,还在走,没折腾坏,已经是下午六点了。

"嗯,就趁现在好好睡一觉,到了夜里再行动吧。你们等着瞧吧,我一定把你们这帮歹徒的秘密给查出来!"

这么盘算着,小林君躺在了角落里的草垫子上。好在现在是春天,不是特别冷。

大胆的小林君不一会儿就在硬邦邦的草垫子上睡熟了。又是被绳子绑,又是被塞进长椅里,他可真是累坏了。等他睡足了八个小时,醒过来已经是夜里两点了。

— 黑 暗 台 阶 —

"啊——睡饱了睡饱了！这下可有力气干活儿了。你们几个歹徒，等着瞧吧！"

小林君一边自言自语，一边笑着从草垫子上爬起来，然后从口袋里摸出一根针似的东西，走近牢房铁栅栏上的那扇小门。

小门上有一把巨大的锁，没有钥匙就开不了门。

"哼哼，这种锁算什么，我可是拿着明智先生发明的万能钥匙。"

小林君把手从铁栅栏之间伸出去，把那根针似的东西插进锁眼里，咔咔地捣鼓起来。不一会儿，神奇的事发生了，那把坚固的大锁居然咔嚓一声打开了。

这万能钥匙可真是神通广大，只要有这么一根针，不管是什么样的锁，都能打开。

明智侦探也不知是什么时候发明出了这么一件神奇的工具。不过，要是这万能钥匙的制作方法被小偷知道了，那就麻烦了。所以，这万能钥匙成了只有明智侦探和小林君才知道的秘密，他们从来没向人展示过，哪怕是最亲密的人也不例外。

紧接着，顺利从牢房里逃出来的小林君把小门照原样关好，顺着昏暗的走廊，蹑手蹑脚地朝歹徒房间走去。

"蒙面首领所在的房间，应该是这个方向。"

小林君一边思索着一边在走廊里前进，来到了一扇门前。他停下脚步，竖起耳朵，听见里头传来响亮的鼾声。

"哦，原来这间房是那些手下们的。"

想到白天这帮人那么粗鲁蛮横，现在却对他浑然不觉，小林君不禁觉得好笑，都有点想偷看一下他们的睡脸了。

　　小林君轻轻地拧了拧门把手，似乎没上锁，他顺利地推开了门，把头伸进去偷看。只见房间的正中央并排放着五张床，有五个大汉躺在上面，睡得正酣。

　　鼾声最大的，就是白天把小林君关进牢房还在外头扮鬼脸的那个人。他每出一口气嘴都翘得高高的，双颊鼓鼓囊囊。

　　见他这滑稽模样，小林君差点儿笑出声来。

　　不过，光瞅着这几个手下睡觉也没什么用，小林君的目标可是首领的房间，没时间磨磨蹭蹭了，他正要关门，忽然看见门口附近的架子上放着一个手电筒。

　　"哦，这是个好东西，我借用一下。"

　　小林君悄悄地拿下手电筒，然后关上了门。虽然他口袋里准备了"七件宝"之一的袖珍手电筒，不过既然拿到了更大个的，自然更方便。

　　接下来，他又沿着走廊走了一阵，经过两个

空房间，再下一间，总算是有点儿眼熟的首领房间了。

这间房也没有上锁，小林君不费吹灰之力就进去了。但房间里没有光亮，漆黑一片。

他蹲在房门口，屏住呼吸，静静地探查着周围的情况。宽敞的房间里静悄悄的，死一般的沉寂，没有任何动静。

倘若房间里有人，就算是睡着了，也应该有呼吸的声音。既然连呼吸声都听不见，这屋里恐怕没人。

小林君打定主意，啪地打开手电筒，整个房间一下子被照亮了。

果然，房间里空无一人。歹徒的首领究竟去哪儿了呢？不过，仔细想想，这间房里没有床，所以他肯定不睡在这儿。首领的卧室一定在别处。

确认了房间里没人，小林君胆子大了起来，用手电筒照着，在房间里来回走动，仔仔细细地寻找可能藏了那张暗码的地方，可惜一无所获。除了没有抽屉的桌子和椅子，屋子里再没别的东西了。

然而，当他在屋子里来回转悠的时候，忽然发生了一件奇怪的事。小林君吓了一大跳，差点儿叫出声儿来。

那时，小林君正一手打着手电筒，一手摸着墙壁往前走，忽然，墙壁的一部分剧烈晃动了起来，一眨眼的工夫，墙上就开了一个大洞。小林君因为惯性朝洞中倒去，差点没摔倒，仔细一看，这竟是一个通往隔壁房间的暗门。这道门和墙壁涂成一色，实在难以分辨。也许是墙上某处有一个打开这道门的机关，而小林君刚好碰到了它，就发现了这个意想不到的秘密入口。

但是，万一这个秘室里有人的话，那可不得了。小林君小心翼翼地拿手电筒照了过去，还好，房间里也没人。

这是一个五米见方的小房间，房间一角放了一张豪华的床，看来这里应该就是首领的卧室了。只不过，床上空空如也。

首领果然没在家。小林君正好趁此机会好好调查调查这个房间。这里有些巨大的西洋柜子,感觉暗码应该就藏在里面。

紧挨着床对面的墙壁,立着一个雕刻了精美花纹的西洋柜子。小林君先是挨个查看了这个柜子的所有抽屉,有上了锁的,可以用万能钥匙轻而易举地撬开。小林把抽屉里的东西翻了个遍,却没有发现类似暗码的东西。这个大柜子的下面,装着两扇高约八十厘米可以左右拉开的柜门。小林君最后打开了这两扇柜门,朝里望去。然而不可思议的是,里面竟然是空的。这里宽敞得都能藏得下一个人,但它就这么空着,什么也没有。

"怪了,其他抽屉里多少都放了些东西,这么宽敞的地方却什么也不放,绝对有蹊跷。"

小林君下意识地歪着脑袋沉思起来。不愧是大侦探的助手,哪怕有一点点可疑之处,也一定要探个究竟。

于是,他钻进这两扇门里,用手电筒照着查看内部的情况。他仔细一瞧，最里面的木板没有和柜身紧密接合，似乎是松动的。

"这可更奇怪了。说不定，这儿又设置了另一条秘道。"

小林君心怦怦直跳，再次仔细地查看了一下四周，发现右边木板的一角似乎有一个小小的按钮状的东西。

"啊，说不定就是它了。把它按下去，也许后面的木板就会打开了。"

于是他用力地按下按钮。嘿，果然没错！后面的木板嗖地一声沉了下去，对面竟出现了一个空隙。从外面看，柜子似乎紧贴着墙壁，其实墙体已经凿穿，做了一条狭窄的通道。而在这个狭窄的空隙里，立着一把铁制的梯子。

"哦？这么说，这条通道还是往上的咯？肯定能从这地下室爬到上面的建筑物里。好，我这就顺着梯子爬上去看看。"

小林君打定主意，钻进那个狭小昏暗的空隙，攀着垂直的铁梯爬了上去。

为防万一,他关掉了手电筒,他感觉自己此时此刻就像身处矿山的洞窟中。

梯子的顶端会有什么在等着他呢?我们的小林君会不会遭遇什么意想不到的危机呢?

— 歹徒的真面目 —

　　沿着漆黑狭窄的梯子往上爬了十二三步，小林君觉得头顶碰到了像木板一样的东西，没法儿再往上爬了。

　　"咦？奇怪，怎么会被挡在这种地方了呢？"

　　这么想着，小林君举起手往头顶上摸了摸，似乎头顶便是上面房间的入口，有一块厚厚的木板挡住了去路。

　　小林君用力向上推了推，那木板似乎是活动的，顺着推力被顺利打开了。

　　之后小林君才明白，这是一块和街道上的下水道盖子差不多大的圆形木板。也就是说，上面这间屋子的地板上开了这么一个圆洞，而且盖上了一块木板。

小林君掀开盖子,抬起头往里一瞧,头顶的屋子里也是黑漆漆的,不像有人的样子。于是他放松警惕爬出了洞口,再把木板盖上,恢复了原状。

好吧,接下来才是最危险的时刻。要是不小心被歹徒发现了,谁也不知道会是什么后果。

小林君先是在这个漆黑的房间里一点点摸索,发现这是一个只有不到二平米像壁橱一般狭小的屋子。这里当然不会有人。

接着,小林君总算安下心来,打开手电筒,环顾四周。这里与其说是房间,不如说是一个壁橱,或是置物柜。里面没有放置任何东西,只有一面板壁上,挂着一堆奇怪的玩意儿。那似乎是一套黑色西服,用手摸摸,确实是成年人的衣物。

"咦?这不是俄式衬衫吗?这到底是怎么回事啊?"

所谓俄式衬衫,是指俄罗斯人穿的上衣。说起这俄式衬衫,小林君好像想起了点儿什么。他被抓到这儿，带到歹徒首领面前的时候，首领穿的是什么衣服来着？不就是这么一件奇怪的俄式衬衫吗？

不，不止如此。除了俄式衬衫，还有黑丝绒面罩。那个面罩也同样挂在钉子上，就是那个从头顶盖到下巴，只在眼睛的地方开了三角形小洞的面罩。

"哼哼，那家伙一路爬到这里，才终于摘下面罩，换上普通的衣服啊。

"看来，那家伙即使在自己手下面前也不露出真面目，的确是不假。说不定，他让他的手下以为自己睡在下面放了床的房间里，其实是每天晚上爬到这上头来，在这里睡觉。

"真是个谨小慎微的家伙，不止不在手下面前露出真面目，就连睡觉的地方也不让他们知道。这个秘密的梯子，恐怕也没让他的手下们知道吧。

"这么看来，暗码自然不会放在地下室了。一定是被他拿上来，藏在谁也不知道的房间里了。"

小林君一步步推理到这里，不禁对这歹徒首领的老奸巨猾感到心里发毛。

歹徒到底是何方神圣？为何会小心谨慎到如此地步？

"话说回来，这房间一定有出口。"

小林君一边琢磨着一边用手电筒照着四面的板壁，在其中一面的角落上，总算是看见了类似门的痕迹。他试着推了推那个地方，门似乎动了。

但是，光用手推似乎并不足以打开它，肯定在别处有开门的机关。

小林君四处寻找着这样的机关，直到发现头顶上有一个很不起眼的小小按钮。不过，这回可不能随便去按它了。要是门外有人，发现了小林君，那可就前功尽弃了。

到底是按，还是不按呢？小林君犹豫不决，只得把耳朵贴在板壁上，偷听着外面的动静，可外面一片寂静，什么声响也没有。现在已经是半夜三点了，就算外面有人，应该也睡了。

"管他呢，干脆按下去试试。要是被发现了，就赶紧逃跑，回到原来的牢房里，装傻充愣就行了。"

小林君终于下定了决心。

他先用指尖触摸按钮的表面，关掉手电筒，然后手指一用力，按了下去。

紧接着，如他所料，板壁的一角像道门似的，吱呀一声朝他这边缓缓打开。

小林君赶紧从缝隙里观察外面的情况。还是黑漆漆的，什么也看不清，眼前好像有一块幕布挡着。

他小心谨慎，不发出一点声响，悄悄挪进外面的房间里。但刚一进去，就觉得有软绵绵的东西挡在了自己面前。伸手去摸，发现面前垂着一幅厚厚的窗帘。

窗帘的后面似乎有灯光，缝隙间有亮光透了进来。

小林君找到两片窗帘接合的地方，偷偷揭开一厘米左右的缝隙，窥视室内。

这房间实在是豪华得令人咋舌，虽然不大，但家具件件都精美华贵，光彩夺目。房间一头摆着一个很大的梳妆台，镜子闪闪发亮，桌子上摆放着许多造型精致的化妆品瓶子。

雍容华贵的长椅和扶手椅上尽是让人眼前一亮的漂亮装饰，地板上则铺着鲜红的绒毯。

最为抢眼的是正面的那张床。它比一般的床要大，美轮美奂，从天花板上垂下来的白色绸缎闪闪发亮，搭在床的三面，落在地上的影子看上去像富士山一样。

这张华丽的床上躺着一个美丽的女人，面向小林君，睡得十分香甜。

小林君也拿不准，觉得这女人似乎三十岁上下，不是小姐，而更像一位夫人。

他原本觉得，这世上再没有比明智先生的夫人更漂亮的人了。但在他眼前熟睡着的女人看上去似乎更美，简直美若天仙。

小林君觉得自己仿佛着了魔，脑子里迷迷糊糊的。这到底是怎么一回事啊？本以为歹徒的首领会出现在这房间里，结果却睡着一个如此美丽的女人，这一切简直就像在做梦。

那个戴面罩穿俄式衬衫的男人，到底去哪儿了呢？

小林君注视着女人的脸，思考了很长时间。他想不通，觉得有什么地方不太对头。

不一会儿，小林君的脑海里忽然冒出了一个奇怪的念头：

"难不成……世上会有这样的事吗？"

那个念头十分可怕，让他禁不住浑身颤抖起来。

"有这个可能……嗯，肯定是这样，否则这儿不可能会有秘密通道。

"这个女人虽然长着一张如此美丽的脸庞，但她肯定知道这个秘密通道。她睡在这个房间里，不可能毫不知情。

"而且，歹徒为什么在手下们的面前也不露出真面目呢？这里面肯定有着很深的缘由。

"对，歹徒的首领，肯定就是这个女人！正因为是个女人，所以她才会如此小心，不以真面目示人。

"这么说来，首领的声音听上去好像也是经过伪装的，似乎是把原本纤细的嗓音刻意弄粗了。

"嗯，睡在那儿的美丽的女人就是歹徒首领！"

小林君想到这里，顿时觉得像见了鬼一样，一股不可名状的恐惧感让他的背上直冒冷汗。

歹徒要是个满脸胡子的大个子男人，他反而不会害怕。但一想到那个可怕的大恶人竟然是一个如此美丽的女人，实在是让人从心底里觉得恐怖。

他开始觉得，这女人虽美，却一点也不温柔善良。她的美丽显得分外阴险狡诈，狠毒更在男人之上。

小林君忽然想起了一张西洋女盗贼的照片。那个女盗贼虽长得美艳动人，却用毒药杀死了好几个男人，乔装易容，偷窃宝石，做尽了坏事，最后被

87

判了死刑。床上的这个女人的脸，和那个女盗贼倒有几分相似。

越是盯着瞧，小林君越觉得这个女人狰狞可怖。小林君这下才知道，一张美丽的脸庞，竟会让人如此害怕。

然而，陷入沉思的小林君犯了一个极大的错误。他那只拉着窗帘的手不知不觉地动了一下，挂窗帘的金属扣发出了"叮"的一声轻响。

小林君猛地回过神儿来，把身子一缩，然而已经来不及了。因为这一点细微的响动，床上的女人一下子睁开了眼睛，吃惊地抬起头，朝他望去。

— 两个谜团 —

　　小林君准备逃跑,心脏怦怦跳,他尽量缩小窗帘的间隙,继续观察对方的一举一动。那个女人坐了起来,一双炯炯有神的眼睛环视了房间一周,自言自语道:

　　"咦?难道刚才是在做梦?总觉得听到了什么奇怪的响声……"

　　小林君浑身僵硬得像块石头,大气也不敢出,所以女人似乎并没有注意到窗帘后面藏着一个人。

　　不过,女人似乎是放心不下,下了床走到另一边的房门口,抓住门把手转动了一下。看样子,门应该是反锁的,而且没有被打开的迹象。

　　确认了这一点,女人似乎安心了,点了点头,接着又急急忙忙跑到房间一头靠墙的梳妆台前，从一堆化妆品中拿出一个装面霜的盒子，打开了盖子。

小林君还以为这大半夜的她竟然要化妆，于是吃惊地看着她，不料，那女人也不像是要化妆的样子，把装面霜的盒子重新盖好，放回到梳妆台上。这次，她又转身朝小林君藏身的窗帘方向慢慢地靠了过来。

看她脸上的表情，似乎是在说，尽管不可能会有人从秘密通道闯进来，但还是检查一下为妙。

小林君大惊失色，要是在这里被发现了，他今晚所有的苦心就都白费了。

于是，他迅速而悄无声息地钻进了刚刚的小房间里，然后轻轻关上那道暗门，搬起下水道盖一样的圆木板，顺着铁梯逃了下去。

接着，他静静地听了一会儿上面的动静，那个女人似乎只是拉开窗帘看了一下，并没有进入小房间的迹象。

他侥幸没被对方发现,成功逃脱了。

"看到了这么多东西,今晚已经很有收获了。再磨蹭下去要是那帮家伙起来了可就糟糕了,我得早点回到牢房里去。"

小林君急急地爬下铁梯,回到地下室里首领的房间。这一路上经过的每一道暗门,他都把它们关好,恢复原状了。

接下来,他又把手电筒放回部下们熟睡的房间,回到牢房里,躺回了草垫子铺的床铺上。

"嘿嘿,进展顺利。我在这房子里跑了那么多地方,居然谁都没发现,这帮歹徒还真是没戒备啊。话说回来,首领居然是个女的,这可真是没想到哇。那么美的阿姨居然是歹徒,真是吓了我一跳。"

小林君就这么平躺着,脑子里一直在回想那个女首领的事儿,思绪渐渐集中到了一个关键点上。

"没找到藏暗码的地方真是遗憾,肯定是藏在那个女首领的卧室里了……"

小林君望着黑乎乎的天花板，静静地躺了一会儿。忽然，他的脑中猛地闪过一道光，冒出了一个非常棒的念头。

"哦，对了！肯定没错！我知道了！我知道藏暗码的地方了！真是个意想不到的地方啊。我当时居然没有发觉，真是太不应该了！"

小林君难掩心中的喜悦，不禁从草垫子上坐了起来。他怀着激动的心情，开始计划怎么夺回暗码了。

"首领什么时候不在，再潜入那个房间一次，把暗码弄到手，再从这个地下室逃出去。要是我拿着暗码毫发无损地回到明智先生身边，先生指不定怎么夸奖我呢！他肯定会满面微笑地对我说真不愧是小林君吧！"

一想到这儿，小林君感到无比快活。

"且慢，要是把暗码拿到手了，最终却没能逃出这间地下室，那就毫无意义了。就算趁着夜深人静，大家都在熟睡的时候逃出去，至少也有一个负责看门的人。

"而且,虽然今天大家都睡得很熟,以至于我能畅通无阻,可到时候难免会发生什么意外,吵醒其他的部下。要从这儿逃出去,还真有点麻烦。"

小林君坐着盘起胳膊,又苦思冥想了起来。不一会儿,经过一番思索,一条妙计涌上了心头,他又自言自语道:

"这办法好!真是绝妙的一招!虽然我个子稍微矮了点儿,不过这有什么关系?肯定能成功!我就在那些部下们的眼皮底下大摇大摆地溜出去,要是真成功了,那帮家伙该有多震惊呀!啊哈哈,这下好玩儿了。"

小林君小声说着,一个人傻笑了起来,不久,又呼啦往下一躺,不知不觉便睡熟了。掌握了暗码的所在,也定好了逃脱的方法,他彻底安心了。

各位读者,小林君他到底是怎么察觉到藏暗码的地方的?还有,要从看门人的眼皮底下逃脱的方法,又是什么呢?

—机智勇敢的少年侦探—

第二天,直到傍晚时分,都没发生什么特别的事。一日三餐都是前一天把小林君关进牢房里的话痨男给他送来的。每次送饭,那个人都爱开些玩笑逗小林君玩,而小林君也开始接他的话茬,渐渐放松了下来。

到了傍晚六点多的时候,那人端着装晚饭的盘子,来到了铁栅栏的外面。

"来,小子,给你带好吃的来啦,你慢慢吃。"

男人拿钥匙打开铁牢的小门,把盘子递进来,然后马上把门关上,并上了锁。

"哈哈哈,你这表情真逗,无聊啊?要是有本童话书就好了。不过不凑巧,我们这儿没有。你呀，就吃点好吃的，将就将就吧。"

这个男人的话还是那么多。

他对小林君昨晚从牢里逃出来的事情全然不知，还在这儿耀武扬威，小林君一看见他这张脸就觉得可笑得不行。而且，昨晚这个人在那五个部下里面，是鼾声最大、睡得最死的一个。想起这事，小林君差点没笑喷出来。

这帮歹徒做梦也不会想到小林君是明智侦探的小助手，全都把他当成了宫濑不二夫君，所以他可不能轻易笑出来，一定得装出惴惴不安十分害怕的样子。

"叔叔。"

小林君畏畏缩缩地叫了那个男人一声。打从今天早晨起，他就一直想问一个问题，但又不能显得自己脸皮太厚，所以一直忍到了现在，估摸着时机差不多了，便开口问道。

"叔叔，你说，首领到底是谁？他是个什么样的人啊？"

小林君若无其事地问道。

"是个恐怖的大叔吧，哈哈哈。说实话，我们也不清楚首领到底是个怎样的人。他脸长什么样儿，我一次也没见过。不过，他是个好首领。虽然发起脾气来时挺吓人的，可我们只要办事得力，他还是会给我们回报的。要不然，在这个阴暗的地窖里，我一天都待不下去。"

小林君一眼就看破了首领的真面目，而这个男人却一无所知。虽然都是坏人，但这个家伙脑袋挺迟钝的吧。

"我说叔叔，这个地下室的入口，应该只有一个吧？"

小林君胆子渐渐大了起来，又打听起了别的事。

"嗯，只有一个。把你抓进来时走的就是唯一的入口。"

"那儿是不是有人看守啊？"

"哈哈哈……你怎么净问些奇怪的问题啊？该

不会是打算越狱吧？哈哈哈……那可不行。当然有人看守了，在地下室的入口处，日夜都有个吓人的叔叔睁大了眼睛守着呢！要是你敢逃跑，他肯定让你吃不了兜着走！你就别想这么无聊的事情了。就算你想逃跑，这铁栅栏能弄开吗？哈哈哈……"

男人开心地笑着，一脸的无知。

小林君昨晚确确实实打开了这铁栅栏上的小门，从里边溜出来过。他手上可是有明智先生发明的万能钥匙，任何锁都能轻松搞定。见这个男人对此一无所知，还笑得挺安心的，小林君忍俊不禁。

"叔叔，那个首领整天都待在这儿吗？是不是有时候也会出去？"

小林君还是若无其事地问起了他最想知道的事。

"他当然会出门了。首领一整天都待在这儿可是凤毛麟角的事儿。他有很多工作要做，忙着呢。今晚他也有事儿要出去。"

"他是戴着面罩出去吗？"

"哈哈哈……你的问题还真多。晚上还戴着个面罩出门,反而会令人起疑啊,当然是换上普通的装束出门了。"

"那到时候叔叔们不就能看见他的真面目了吗?为什么说没见过他长什么样儿啊?"

"可我们就是看不着。首领他是个魔术师,总是神不知鬼不觉地就离开了,不知道什么时候又回来了。首领他还是乔装的好手,听说他总是扮成完全不同的样子出门,而我们一次也没见过他长什么样儿。"

"真奇怪。是不是在什么地方有个秘密通道?首领会不会悄悄地从那儿进出啊?"

小林君虽然对那个秘密通道已经一清二楚了,但他装作不知情。

"对,我们也都这么觉得。可这秘密通道到底在哪儿,我们谁也不知道。不管怎么想,都觉得首领是个魔术师。"

男人以为对方是个小孩,便放松了警惕,把平日里的想法全都说了出来。

"那首领今晚上不在啊？"

这是小林君最想确认的。

"嗯，不在。回来应该是大半夜了吧，他总是这样。"

小林君一听，心想"这下正好！"要夺回暗码，就只能趁首领不在。他本来已经做好准备要在牢里待上两三天，没想到，机会居然来得这么早，真是再幸运不过了。一想到今晚就可以逃离这里，小林君心里简直乐开了花。

那男人又说了好些玩笑话逗小林君玩，而小林君却再也没开口。那人觉得无聊，停止了絮叨，起身离开了。

"嗯，今晚终于要大显身手了，我得好好把肚子填填饱才行。"

于是小林君端起男人送来的晚饭，吃得津津有味。这里的菜还真挺不错的，大块的炸鸡排涂上了厚厚的番茄酱，米饭更是超大份的，还配了杯红茶。不一会儿工夫，小林君就风卷残云似的，把饭菜吃了个精光。

"既然他说首领是大半夜回来，那应该是十二点左右吧。在这之前我得做好充分的准备。不过要是过早动手，那些个部下肯定还在这周围转悠，所以干脆就等到十点半再说吧。"

这么想着，小林君看了看手表，现在还不到七点，还得等上三个半小时。

这时间是何等的漫长！看了无数次表，感觉指针跟没走动似的。不过，这漫长的三个半小时总算是过去了，终于到了十点半。

"好，终于可以行动了，小林！一定要干得漂亮些，可不能出岔子，砸了明智先生的招牌！"

小林君默念自己的名字，给自己打气。

打开牢房铁栅栏上的小门，已是轻车熟路了。他拿出那把钢丝一样的万能钥匙撬开锁，顺顺利利地出了牢门。

然后，他一边竖起耳朵听着周围的动静，一边在昏暗的走廊里悄无声息地朝首领的房间前进。

因为途中会经过部下的房间，从门前经过的时候，必须特别小心。小林君蹑手蹑脚地走近那扇门，听见里面的人们正高声地谈笑着，声音大得屋外都能听见。

瞧这个阵势，应该不会有什么问题，小林君按下起伏的胸口，走过那道门，终于走进了首领的房间。

接下来的秘密通道就跟上文叙述的一样，在此就不重复了。小林君还是按照昨晚的路线，潜入了漂亮女首领的卧室。

如他所料，卧室里空无一人。那张豪华的大床上，挂着雪白的绸缎，上面没有一丝褶皱，整个房间收拾得非常整洁，飘着一股淡淡的香水味儿。

小林君一进入那个房间，就径直朝梳妆台走了过去，从一大堆化妆品中找到了昨晚女首领拿在手中的面霜盒子，打开盖子，把手指伸进了满满的白色膏体里。

咦？小林君是不是脑子糊涂了？大半夜的摸进歹徒的卧室，难道要化个妆不成？

不，不是这么回事。你瞧，他从里面竟然掏出了一个油纸小包！小心地打开那个油纸包，里面有一张陈旧的纸条。

"啊！就是它！"

小林君兴奋得满脸通红，这张陈旧的纸条，正是宫濑家的暗码！是提示了价值连城的大金块埋藏地点的暗码！

好家伙，这也太出人意料了！居然把这么重要的暗码塞进了化妆品的盒子里。这主意真是高明。

小林君从口袋里掏出笔记本，小心翼翼地把暗码夹在里面，然后撕下笔记本的一页，用铅笔写了封短信，再把笔记本收进衣服里面的口袋，把短信放进了外面的口袋里。

紧接着，他把面霜的表面抹平，恢复原状，再盖上盖子，放回原位，然后回到了窗帘后面的那间昏暗的小房间里。

相信各位读者都知道,这个房间里挂着歹徒的面罩和俄式衬衫等衣物。小林君也不知怎么想的,把它们收到一块儿,夹在腋下,然后抬起了圆木板,顺着铁梯爬了下去。

下了铁梯,便来到那个大大的西式柜子里。小林君从柜子里爬出来,站在柜子前,搞起了奇怪的名堂。

他开始把俄式衬衫和裤子往自己的衣服外面套。穿上了这身行头之后,再把黑丝绒面罩套在脑袋上,平日里活泼可爱的少年小林君摇身一变,成了那个可怕的首领。

以小林君的年纪来说,算长得高的,又因为歹徒的首领是个女人,个子比一般的男人要矮小一些,所以不管是俄式衬衫还是裤子,穿上都不会松松垮垮的,还挺合身。

这就是小林君的妙计。他打算乔装成首领,然后大摇大摆地从守卫面前走过去。

化身蒙面怪之后,他把刚刚从笔记本上撕下来的那页纸拿在手里，走出首领的房间，沿着昏暗的走廊朝地下室的出口大步走去。

因为不太清楚出口究竟在哪儿，小林君在走廊里兜兜转转，途中遇到一个部下迎面走来，他故作镇定，挺胸抬头从他身边走过，而那个部下还以为首领不知什么时候回来了，还对他连连鞠躬呢。

"很好，很好。照这么看，肯定能成功。"

小林君越发得意起来，干脆挺起胸膛，大步走了起来。

不一会儿，他找到了地下室的出口。那里用厚厚的板门封着，在门前的小房间里，有一个大个子男人坐在椅子上看门，看上去非常强壮。

不过，小林君面不改色地走到男人跟前，然后默默无言地把折了几折的笔记本纸递到男人的鼻子底下，摆出的架势好像在说：

"我要出去，把门打开。"

看门人原以为首领不在，吃了一惊，不过他们的首领总是神出鬼没，所以他也没有多想，低头行了个礼便把厚厚的板门吱呀一声打开了。

小林君心想这是最后一步了,就这么走进了门外的阴影里,沿着水泥台阶往地上走去。

看门人目送着他的背影,关上板门,坐回椅子里,这才把递到自己手中的纸条打开——满以为那是首领的命令书。借着昏暗的灯光逐字一读,那看门人发出"啊!"的一声惊叫,双眼瞪得圆圆的,嘴张得老大,彻底傻了眼。

那张纸条上写着下面这么一段文字:

暗码我拿回去了,我会把它还给真正的主人。谢谢你们请我吃了不少好吃的,后会有期。

明智侦探助手　小林芳雄

― 大 抓 捕 ―

顺利地骗过那帮歹徒，留下了一封让首领大吃一惊的短信后，小林少年首先要办的事，就是弄清楚这是一栋什么建筑，在什么地方。

都怨这帮歹徒，小林君被带进地下室的时候，困在长椅里，完全没看见外面什么样。

顺着地下室的楼梯跑上来，小林君看了看四周，发现这儿是个院子，四周都有水泥墙，在地下室的正上方，建着一栋老旧的洋房。

小林君沿着水泥墙往前跑，不一会儿就到了门口。正面的大门紧闭，偏门却是开着的，于是小林君顺利地跑出了门外。

一出来，小林君就借着门上的灯光，往门

柱子上看。门牌上写着"目黑区上目黑六丁目一一〇〇，今井清"，这是个女人的名字。

今井清这个名字，一定是那个漂亮的女首领的化名。她就是用这个温柔儒雅的名字骗过世人的眼睛，在地下室里蒙着面装成男人，使唤一大群手下为她卖命。

她考虑得还真是周到。恐怕任何人都不会想到，这个美丽的女人居然是个大盗。

可小林君没空去细想这些。要是再磨磨蹭蹭，歹徒的手下会追上来的，所以他迅速记下了门牌号，便离开了。

走了一会儿，小林君就发现道路一旁出现了一大片黑漆漆的野地。小林君跑了进去，在黑暗中取下面罩，脱下身上的俄式衬衫，露出原来的衣服，恢复了少年的姿态。

然后，他把面罩和俄式衬衫揉作一小团，夹在腋下，往热闹的街道跑去。

"无论如何，都得赶快将这件事通知明智先生才行，先生一定在担心我呢。哦，刚好那儿有个公用电话，先打电话说一声吧。"

小林君脑中闪过这个念头，跑进了路旁的公用电话亭。

"是小林君吗？你从哪里打来的？咦？你成功逃出来了？暗码也拿到手了？那太好了，真不愧是我的助手。我一直相信你会成功的，不过也很担心你。太好了，太好了！"

电话里，明智先生的声音听上去有些急促。

小林君把歹徒的首领是个女人、用今井清这个名字住在上目黑的一座洋房里等等情况简明扼要地告诉了明智先生，当他说到他给首领留了一封短信时，明智侦探的声音里添了几分担心。

"你该不会在那封短信上写了自己的名字吧？"

"是啊，我写了。我写了明智侦探的助手小林。那帮家伙都以为我是不二夫君，所以我想让他们吃上一惊。"

"糟糕！这下不妙了。你居然会做这么没水平的事，真不像你的作风啊。"

"为什么？"小林君不服气地问道。

"一旦知道你是我的助手，歹徒肯定会有所防备，说不定会逃跑。我们好不容易找到他们的藏身之所，要是让他们逃了，不就前功尽弃了吗？"

小林听他这么一说，倒吸了一口冷气。

真是太失策了。取回了暗码这件事根本没必要让歹徒知道，只要偷偷跑出来就行了。居然因为想在歹徒面前耍威风而留下一封短信，简直是个大大的败笔。

"先生，我太大意了。那现在怎么办？"

小林君后悔不迭，说话的声音都带上哭腔了。

"那个女首领，在你逃出来的时候还没有回去吧？"

"嗯，对。"

"那也许还来得及。我现在马上给警视厅打电话，让中村君做好逮捕犯人的准备，你赶快回来吧。"

这个中村君，是警视厅的搜查组长，和明智侦探的关系甚是亲密。

被先生训了一顿，小林君十分失落，但这毕竟是自己的失误，也没办法。他在心里暗暗发誓，这样的失败绝不能有第二次，想着便走出了公共电话亭。

已经是十一点半了，街道上人来人往，也有出租车。小林君叫了一辆，向明智侦探事务所疾驰而去。

"先生，我这回捅了娄子，实在是太抱歉了。"

小林君一走进明智先生的书房，便首先道了歉。

"没事，你用不着这么自责。就算让歹徒跑了，你也拿到了暗码，已经立了大功了。刚才是我的态度不大好，语气重了，你不要太往心里去。"

先生还是这么和蔼。小林君看着先生微笑的脸庞，松了一口气，但先生的一番宽慰，却让他对自己的失策感到羞愧不已。

"这是暗码，藏在梳妆台上的面霜里了。"

小林君从衣服里面的口袋里拿出笔记本，取出暗码的纸条交到先生手里，并汇报了暗码得手的来龙去脉。

"嗯，干得好，只用了一个晚上就找到了暗道，发现了歹徒的真面目，还留意到了藏暗码的面霜，只有你才能做得到。多谢，多谢。"

明智侦探双手拍着小林君的肩膀，亲密地道谢。小林君听他这么说，鼻子有些发酸。在他的心里，只要是为了先生，赴汤蹈火也在所不辞。

"研究暗码一事还是从长计议吧。"

明智侦探把暗码纸条锁进了书房的保险箱。

"我刚才已经打电话告诉宫濑先生你把暗码夺回来了，宫濑先生也非常高兴。还有，我给中村警官打了电话，他说虽然是半夜，但这么大的案子，他会马上带着部下去抓捕歹徒的。去上目黑刚好要经过我们这里，中村君他们会顺道过来一趟的。"

"那我来给他们带路。"

"嗯,交给你了。当然我也会一起去,但愿别扑个空。"

正说着,外面传来停车的声音,是中村组长一行人到了。除去中村组长,还有七名警员,开来了两辆警车,好一支严密有序的搜捕队伍。

明智侦探和小林坐在前一辆车里,负责带路。两辆警车疾驰在深夜的街道上,直奔上目黑。

— 歹徒的留言 —

到了上目黑，大队人马在离歹徒据点一百米开外的地方下了车，分散开来，沿着昏暗的街道朝那栋洋房前进。

大家在车上就已经商量好了，组长和明智侦探从正门、小林少年带着五名警员从地下室进入敌人的据点，剩下两名警员则负责看守洋房的正门和后门。

小林君走在警员们的前头，小心翼翼地沿着之前那道楼梯下到地下室门前，却发现入口敞开着，守门人不见踪影，不知去了哪里。

"奇怪……"

小林君心生疑问，一路往深处走去，来到了那五个部下的卧室门前。可是那间屋子的门也是敞开着的,床上什么都没有。整间屋子就像搬过家似的,空空荡荡。

"好像一个人也没有嘛。"

一个警员小声说道,听口气有责怪小林君的意思。

"嗯,可能逃走了。首领出门在外,也许还没有回来呢。如果是这样,我们守在这儿说不定能抓住她。"

小林君小声劝说警员,一行人终于走进了那个有秘密通道的房间。

在漆黑狭窄的通道里,由小林君打头阵,五个警员一个紧跟一个沿着铁梯攀爬,没多久就通过下水道似的洞口,来到地上的建筑物中。

终于抵达了首领的卧室。把挡在面前的厚窗帘拨开一条缝往里一瞄,啊!在那儿!她在那儿!那个漂亮的女首领居然毫不知情地正躺在床上呢!

正在这时,对面的房门被轻轻地打开了,有个人偷偷地潜进了首领的卧室。

小林君心里"咦"了一声,静观其变,只见门完全打开了,出现在眼前的不是别人,正是明智侦探和中村组长。

两人一进屋,马上就发现了躺在床上的女人,他们瞬间反应过来这就是女首领,彼此交换了一下眼神,便大步流星地朝床边走了过去。

见此情景,小林君再也按捺不住了,他猛地拉开窗帘,冲进了房间。

此时此刻,从对面房门口进来的中村组长和明智侦探,以及从窗帘后进来的小林君和五名警员,呈两面夹击之势朝那张床逼近。

这个女盗贼的好运算是到头了,不但两面的出口被堵死,而且警方总共有八个人,一个弱女子肯定是无处可逃了。

组长用目光授意,一个警员一个箭步冲到床边,那女人还是一动不动,双眼紧闭,不知是醒着还是睡着了。

警员一把抓住了女贼,把这个身穿睡袍的女人抱了起来,紧接着却"咦"了一声,忽然手一松,把她丢在了床上。女贼发出咔嗒一声怪响,就这么倒在床上一动不动,像死人一般。

"这是假人,是蜡像!"

在场的所有人都大吃了一惊,靠近那个女人,仔细端详"她"的脸。

果然不是个活人,只是制作实在是精美逼真,谁都没有注意到竟然是个假人。

果然,歹徒看了小林君的信,明白了一切,料到了明智侦探会找到这儿来,便让这么个假人代替她睡在这儿,让大侦探大跌眼镜。好一个反应敏捷、奸诈狡猾的家伙!

"这假人手里好像捏着一张纸条。"

警员取下塞在假人手里的纸条,递给了明智侦探。这是女首领留给明智侦探的一封信。和小林君一样,女贼也留下了一封信。

信里写着一段令人脊背发凉的话:

明智先生：

  这次算我输了。您有一个不错的小助手。我先暂时撤离这所房子，不过我绝不会放弃宫濑家的大金块。有朝一日，我一定会把它们弄到手让您瞧瞧。至于我会用什么样的手段，就请您先开动脑筋，猜猜看吧。

― 暗 码 ―

第二天一早,明智侦探就带着由他代为照看的不二夫君来到了宫濑家。

主人宫濑矿造先生已经获悉暗码的另一半到手,迫不及待地把明智迎进了客厅。

明智把小林君被抓到歹徒据点之后发生的事情详细地讲了一遍。

"这么一来,歹徒已经知道了小林是不二夫君的替身,再让不二夫君继续待在我家也不是长久之计,所以今天我把他带过来了。今后警察应该足以确保不二夫君的安全,据说最近这段时间会在您家附近安排警力。"

"哎呀,真是劳您费心了。我也会增加书生

的人数，小心保护不二夫的。对了，暗码您带来了么？"

宫濑先生最为在意的，是那一半暗码。

"我带来了，就是这个。"

明智从口袋里掏出那张纸，放在了桌上。

宫濑先生急忙拿过去，反复看了两三遍，歪着脑袋一脸茫然地望着明智问道："这到底是什么意思呢？我彻底蒙了。"

"我暂时也没弄明白。我们先把它和你戒指里的另一半暗码连在一起，写下来看看吧。"

明智说着，便用笔在桌面的白纸上把暗码抄了下来。前面是藏在宫濑先生戒指里的那部分，后面是小林君夺回来的那部分。

ししがえぼしをかぶるときからすのあたまの

うさぎは三十ねずみは六十いわとのおくをさぐるべし

"还是看不明白。该怎么读呢？"

宫濑先生也凑过来看了看，诧异地说道：

"前面应该和我上次说的一样，是'狮子戴上高帽子之时，乌鸦头的'吧。这后面是不是应该读成'兔子三十老鼠六十石门里头找宝贝'？要是连起来读，就是'狮子戴上高帽子之时，乌鸦头的兔子三十，老鼠六十，石门里头找宝贝。'

"怎么感觉像进了动物园似的？而且这个乌鸦头的兔子，到底是个什么动物呢？难道是个兔子身体乌鸦头的怪物？"

"感觉像是魔法师的咒语。不过反复读上几遍，我似乎开始明白它的意思了。

"首先，最后提到的'石门里头'，是不是指在某个地方有一个洞穴什么的，入口被像门一样的岩石给堵住了？这意思是不是说，要我们到那个洞穴里去寻找呢？"

"原来如此，有道理。不过，这些动物还是让人一头雾水啊。兔子三十只,老鼠六十只……"

"不,只要好好想想,这个也能解释。兔子和老鼠应该有什么特别的意思。兔子换一个汉字是'卯',而老鼠是'子'。这两个都是十二支中的一支。所谓的十二支,就是子、丑、寅、卯、辰、巳、午、未、申、酉、戌、亥,也就是我们说的午年、酉年之类的。"

"哦,原来是这样,也对。所以……"

"所以,我认为这两种动物也许是指方向。"

"啊!对啊!您说的对,这是指方向!"

宫濑先生好像发现了新大陆似的,面露喜色,望着明智的脸说道。

"卯,应该是东边,子,应该是北边。那么,应该是往东三十、往北六十的意思吧。"

如果各位看官的家里有老式指南针的话,只要看看上面的刻度就会发现,除了东南西北,还分别用十二支标明了方位。照那上面标的,东边就是卯,西边就是酉,南边就是午,而北边就是子。

"那么，这个三十和六十就是指长度了？"

"是的。因为是过去写的，计量单位当然不是米，而是尺或者是'间'。要是用'间'算，六十'间'至少有一百米以上，感觉太长了点，所以应该是尺。因此，我想意思也许是说，朝卯所指的东边走三十尺，再朝子所指的北边走六十尺，就是那扇石门。"

明智一一破解着这一串令人费解的暗码，宫濑先生是钦佩不已。

"那么，狮子和乌鸦又是什么意思呢？这您也知道吗？"

"是的，我心里有数了。"

明智笑着回答道。

"这个有点儿麻烦，光想是想不明白的。我为了验证它们的意思，借了登山家的名册，给各地有名的登山家打电话、写信，借用了他们的智慧。"

宫濑先生听他说到登山家，没明白是怎么回事。难道登山家会知道"戴高帽子的狮子"和"乌鸦头的"是什么意思吗？

── 戴高帽子的狮子 ──

宫濑先生紧紧地盯着侦探的脸，看上去他迫不及待地想知道，明智究竟如何解开这段暗码。

大侦探还是一如既往地微笑着，解释道：

"这句里有狮子和乌鸦两种动物，还有高帽子。这三样东西究竟意味着什么，我想过很多种可能。

"暗码的后半部分就如我刚才所说，是往东三十尺，往北六十尺，表示的是方位。那么，这个狮子和乌鸦多半就是指相对那个方位而言的原点。

"我想，这个地方应该是在山里。之后我琢磨着，山里有没有什么狮子和乌鸦一类的东西。显然，在日本的山里没有狮子，至于乌鸦，活着的乌鸦会到处飞，也不能当标志，所以它们并不是真正的狮子和乌鸦。

"我想了很久，忽然冒出了这么个念头。

"在比较深的山洞两岸，经常有很多大块的岩石。而当地的人会给那些大岩石起各种各样的名称，我想这个暗码里的高帽子和狮子说不定是大块岩石的名字。像高帽子岩、狮子岩之类的名字，不是经常都能听到吗？我猜在山里一定有高帽子形状或是狮子头形状的大岩石。按照这个思路，这里的乌鸦头应该也是岩石的名字。虽然没怎么听说过乌鸦岩之类的名字，但说不定在什么地方就有这样的名字。

"也就是说，我们只要寻找高帽子岩、狮子岩和乌鸦岩齐聚于一处的地方就行了。光有一个高帽子岩或是狮子岩的地方肯定多不胜数，但有高帽子岩、狮子岩和乌鸦岩这三者凑在一起的山峰，我想应该没几座。

"所以，只要找到有这三块岩石的地方，就能知道您祖先藏金块的那座山的名字了。"

明智说到这里,宫濑先生终于心服口服地点头赞许道:

"原来如此,我觉得您说得很有道理。这可真是有趣极了,那么后来呢?"

他催促侦探往下讲。

"于是,我借来登山协会成员的名册,打电话和写信给其中十位有名的登山家,问他们有没有谁知道哪座山里有这些岩石。"

"嗯,然后呢?"

宫濑先生调整坐姿往前一凑,板凳发出咔嗒一声。

"不可思议的是,竟然没有人知道这三座岩石凑在一起的山。"

"那就是弄错了?"

"不,虽然山里没有,但有一个登山家说他知道一个岛上有。那个人不止爱登山,还是个经验丰富的旅行家,他熟知日本的每一寸土地。"

"您说是一个岛?"

"是的。对了,宫濑先生,您那位埋藏金块的祖父是东京人,这我已经了解了。不过他的祖先又是哪里人呢?是不是三重县人?"

明智这么一问,宫濑先生好像吃了一惊,回答道:

"对,确实如此。我的祖先确实是三重县南部出身。您是怎么知道的?"

"一定是那座岛,错不了。在三重县南部的海域,有一个叫做岩屋岛的小岛,岛上有高帽子岩、狮子岩和乌鸦岩三座巨大的岩石。在大神宫所在的宇治山田市还要往南,有一个叫做长岛的地方,从那里乘船在大浪里航行八十公里,就能到达岩屋岛。听说那是一座周长只有四公里多的无人小岛。这座岛岩石很多,从远处看就好像一张鬼怪的脸面朝上漂浮在海面上一样,那附近的人都叫它鬼岛。还说那个岛上以前住着鬼怪,都很害怕,渔夫也不敢撑船靠近那个地方。

"您的祖父知道三重县境内有这么一座人们都

不敢靠近的小岛,所以用船把金块从东京运到了那里,藏了起来。他让人们误以为宝藏是藏在山里的,其实却是藏在海里。"

"原来是这样。将宝藏埋藏到祖先的土地上,可能性非常大。"

"就算您不知道,您的父辈应该会不时返乡,也许他知道在岩屋岛上有这么三块岩石。所以当时您的祖父判断,这些暗码别人看不懂,但你们家族的人应该会明白。"

"啊,您说得对,肯定是这样。明智先生,谢谢您。我做梦都没有想过,这么复杂的暗码居然能顺利破解。现在,我很想去那座岛上看一看。明智先生,您方便和我一起去吗?"

多亏了明智侦探,这几十年都没能破解的谜团就这样被成功解开了,这让宫濑先生欣喜若狂。

"嗯,我也想和您一起去。即便大致知道宝贝藏在岩屋岛上,但暗码还不算完全解开了。要是不上岛调查一番,还是无法弄清事实的真相。"

宫濑先生听他这么一说，这才注意到一点，皱着眉头说："哦，对了，我正想问您。狮子、高帽子和乌鸦是岩石的名字，这我已经知道了。但这狮子岩戴高帽子，又是怎么回事呢？另外，就算知道是有三块岩石，可到底得从哪一块岩石往东丈量三十尺，这不依然是个谜吗？"

"确实如此。关于这一点，我也还没想明白。暗码说当狮子戴上高帽子的时候，要从乌鸦岩的头上往东测量三十尺，但狮子为什么要戴高帽子，这我还不清楚。不管怎么说，必须实地勘察那三座岩石，否则什么都说不准。"

就算是大名鼎鼎的明智侦探，也弄不明白戴高帽子的狮子究竟是怎么回事。

这戴高帽子的狮子，仿佛是个漫画中的形象。这个奇怪的组合散发着几分诡异的气息。想象一下，一头巨大的狮子，戴着高帽子，在大海中的无人岛上静静地潜伏着，你不觉得有些毛骨悚然吗？

鬼 岛

于是，两个人相约一起去岩屋岛。可宫濑先生似乎有些不放心，说道："我们不在的这段时间里，那帮歹徒会不会趁机对不二夫下手呢？小林君作为他的替身，偷走了暗码，警察又袭击了他们的据点，那帮歹徒一定迫不及待地想还以颜色。我们这时候要是外出，那帮家伙会不会对不二夫图谋不轨呢？"

"说得也是，很难保证不会发生这种事。不如把不二夫君也带去岩屋岛，您看如何？我也带上小林，这样两个孩子也有个伴儿。"

明智出了这么个好主意。

接着，宫濑先生把不二夫君叫进了客厅，将这件事告诉了他。不二夫君欣喜万分：

"好，我没问题。我会和小林君一起当爸爸的好帮手！就叫鬼岛探险队吧？我最喜欢这样的旅行了！"

"哈哈哈……鬼岛探险队这个名字好。那么你和小林君就是桃太郎咯？哈哈哈……好，那就带你们去吧。"

宫濑先生的兴致也很高，决定带上不二夫君一起去。虽然不二夫君才跟学校请了那么久的假，这下还得继续请，但考虑到他有可能会被歹徒绑架，所以请假也是没办法的事。

就这样，明智侦探、宫濑先生、小林君和不二夫君四个人组成了鬼岛探险队。

出发定在第二天夜里。

明智和宫濑先生穿上登山服，绑上绑腿，手拿登山杖，而小林君和不二夫君也在自己的裤子上绑上绑腿，四个人都背上背包，为了不引人耳目，特地从品川车站上了火车。

四人在火车里睡了一觉，第二天中午便到达了三重县南端的长岛町。这是一个海边的渔民小镇，到处飘着一股淡淡的鱼腥味，附近的海岸传来一阵阵海浪的轰鸣。

四个人走进镇上唯一一间旅馆，吃过午饭，明智侦探便叫来旅馆的主人，问了很多关于岩屋岛的事儿。

"哦，那座岛人称鬼岛，在这一带很有名。经常有客人会乘船出海参观。"

"我听说那个鬼岛上有高帽子岩、狮子岩和乌鸦岩三座大岩石。"

"没错，确实是有。这些个岩石形状奇特，其中一座看上去和高帽子一模一样，另一座又很像狮子头，还有那座名叫乌鸦岩的，看上去就像是只乌鸦正张开大嘴嘎嘎叫似的。怎么样？要不要雇艘船去参观参观？小少爷们一定会很高兴的。"

"那您帮忙雇一艘船吧。我们说不定会上岛游览一阵子，您得跟船老大说，可能会耽搁到傍晚。"

听明智这么一说，旅馆主人吓了一跳，眼睛都瞪圆了，连连阻止道：

"什么？上岛？我奉劝各位还是算了吧。狮子岩和乌鸦岩在船上也能看得清清楚楚，就算上岛，那岛上只有些岩石，没什么可看的。而且，渔民们都很不愿意让自己的船停靠在那座岛上……"

"您说渔民们不愿意去，是有什么原因么？"

"也没什么，都是些无聊的迷信。说是岛上以前住着恶鬼，那个恶鬼的魂魄如今还留在岛上徘徊，凡是登上那座岛的人都会遇到可怕的事儿。哈哈哈……我们这儿的渔民，一个个都像小孩儿似的，把迷信当真，所以……"

就因为这样，雇船还真是件挺麻烦的事。最终出三倍的船钱，才总算说动了一个老渔夫，用带发动机的老式木船把这一行人送去岩屋岛。海岸边有座用石块堆砌而成的简陋栈桥，四个人就是从那儿上了船。船很小，正中间隔出一小块地方铺了草席，四个人坐上去挤得很。船尾装了发动机，老渔夫并不摇桨，而是像个汽车司机似的操纵发动机。

随着砰砰砰的巨大马达声，小船一点点驶离岸边。虽然天气不错，没什么风，波平浪静，但小船还是像秋千一样，晃晃悠悠的。

向后望去，长岛小镇越来越小，而前方，则是一望无际的大海。

远方的水平线从左到右无限延伸，形成一道弧线。望着那道水平线，似乎能清晰地感受到地球是一个球体。

"真是好风景啊！比镰仓的海可美多了。小林君，你看！汽船在那么远的地方，看上去就跟玩具一样！"

"不二夫君，喏，你快看下面！能看到海底呢！我从没见过这么漂亮的大海！哦，好像有很大的鱼在游，是不是鲨鱼呀？"

不二夫君和小林君这对小哥俩经过长长的火车之旅，已经变得十分要好了。两个人趴在船舷上，把手放进湛蓝湛蓝的海水里，饶有兴致地看着手指划过海面激起的一层一层细浪。

在海上行驶了大约二十分钟，小船绕过一个海角，彻底驶出了海湾，到了外海。

"啊！看那儿！快看那儿！你说那座岛会不会就是鬼岛啊？"

不二夫君是第一个发现者，他连忙向渔夫问道。

"是啊，少爷，那就是鬼岛啦！"

"哇！说这岛就像一张鬼脸漂在海面上，原来是真的啊！那儿是犄角，那儿是鼻子，那儿是嘴巴……啊！嘴里还露出獠牙呢！"

不二夫君忘我地高声嚷道。

"哦，确实是一张鬼脸，真是不可思议。"

宫濑先生也抬起手掌架在额头上，远远望着那座岛屿，感慨地说。

那确实是一座形状奇特的小岛。岛上虽有为数不多的碧绿树林，但大部分都是凹凸不平棱角分明的灰色岩石。这些岩石形态各异，歪歪扭扭地立在岛上，整体看起来还真有点像鬼怪的脸。

"哎哟！浪变大了！"

不二夫君站在船中央，身子摇摇晃晃，嘴里嚷嚷着。出了海湾，浪涌得高了。放眼望去，岩屋岛的四周都是白花花的浪头，不住地翻滚拍打，好像要一口一口咬碎鬼怪的脸似的。

浪头一个接一个打来，船头一会儿扬起，一会儿下沉，发动机砰砰作响，推着小船在浪里奋勇前进。随着小船的行进，鬼脸似的岩屋岛眼看着一点点变大，朝这边靠了过来。

"喂，狮子岩到底是哪一块儿啊？"

不二夫君问道。渔夫对着海岛伸手一指，回答道：

"狮子岩还没到，不过高帽子岩能瞧见啦。你看，那边像犄角似的挺高的一块石头，就是高帽子岩了。"

听他这么一说，那块岩石的形状倒还真和古人戴的高帽子一模一样。

"立在高帽子岩旁边的那座稍矮一点像犄角的就是乌鸦岩了。瞧，看上去可不就像只乌鸦吗？"

果然，这块岩石就像乌鸦的头。像鸟喙一样突出的部分分成两块，看上去就像是乌鸦正在呱叫。

船和岛离得越来越近，五十米、三十米、二十米……随着距离拉近，一大堆奇形怪状的岩石朝眼前压了过来。

"客官，你们真的要上这个岛吗？"

渔夫老头的目光在明智侦探和宫濑先生之间来回扫了几趟，试探性地问了一句。看样子，他是在心里盘算，如果可能的话，大伙儿还是原路返回算了。

"当然要上岛了。我们不就是为此而来的吗？"明智答道。

"我也是好心奉劝你们，不如算了吧。这座岛已经很多年没有人上去过了，岛上可是藏着鬼怪的幽魂呐！要是带着小少爷们上了岸，谁也没法保证不会发生些什么呀。"

渔夫似乎是在想尽办法拖延时间，哪怕一分钟也好。他猛地降下小船的速度，认真地发表起意见。

　　"没事，不会有问题的。这两个孩子虽然个子不高，胆子可不小，不会因为鬼怪什么的就一惊一乍的。总之，还是按照约定，你把船停靠在岛边吧。"

　　见明智说得坚决，老头儿也没办法，只得驾着船朝岸边靠过去。

　　说是靠岸，其实也没有沙滩什么的可供停靠，一船人穿过像隧道一般的岩洞，驶进了一个被岩石包围的池塘似的小海湾里，一侧的岸上有一级一级的岩石形成的石阶，小船就在那儿靠了岸。

　　"我们准备在这岛上游玩一阵，你可以在这儿等着，要是不愿意就先回去，差不多两小时以后再来接我们就行，你自己决定吧。"

　　听明智这么一说，渔夫老头小声嘟哝道：

　　"那我就先回去一趟再来接你们吧。我可不想一个人待在这种地方。"

说着赶紧掉转船头,原路返回。明明一把年纪了,居然还害怕什么鬼怪。

"那个老爷爷胆子真小。瞧他一惊一乍的,好像马上就会有个鬼怪冒出来似的。"不二夫笑话道。

"我们可是来鬼岛上降妖除魔的桃太郎,鬼怪要真出来了,那才好玩儿呢。"小林君接过他的话说道。

就这样,四人组成的探险队踩着石阶,终于踏上了鬼岛。

爬上小断崖,眼前就是平地了。地上不是岩石而是泥土,周围树木繁茂,看上去是片森林。一行人踏着森林中不知多少年没被人踩过的厚厚落叶,朝着高帽子岩的方向大步走去。

穿过森林,面前是一些碎岩。小林君和不二夫君手牵着手在岩石间跑了起来,然后在一道峭壁处猛地停下了脚步。两人显然吃惊不小。

"啊!就是它!那就是狮子岩!"

"对,就和神社里的石狮子一个样!"

那是一张高达五米的狮子的脸。鬃毛倒竖,还长着耳朵。一双眼睛鼓了出来,一张血盆大口气势汹汹。

一块普通的岩石经过几千年风雨的侵蚀,不知何时就成了这般模样,令人颇觉不可思议。好一张狮子的脸,那么的栩栩如生。走到近旁,就好像它会张开血盆大口一口把你吞下去似的。

诸位读者,鬼岛探险队终于到达了目的地。不远处有高帽子岩和乌鸦岩并耸立,而眼前则是狮子岩昂首露出它狰狞的面容,三座岩石尽收眼底。

然而,到底该从这三座岩石的什么位置开始丈量"向东三十尺"呢?每一座岩石都如此巨大,根本找不着它们的坐落点。明智侦探打算怎么破解这个谜题呢?

― 解 开 的 谜 题 ―

有那么一阵，四个人因为这三块岩石太过壮观，只顾愣愣地看着，差点连金块的事都给忘了。后来，还是宫濑先生想起了暗码的事，问明智：

"这高帽子岩和狮子岩相隔了差不多五十米，狮子到底要怎样才能戴上高帽子呢？暗码上说的'狮子戴上高帽子之时'，除非是发生大地震，否则这两块岩石怎么也合不到一起呀！明智先生，您是怎么看的？"

"我也正在思考这个问题。我想，这段暗码的意思并不是说这座狮子岩要真的把高帽子岩戴在头上，而是别有所指。我们还是再调查调查吧。"

足智多谋的明智侦探，也还没能解开这个谜。

之后，四个人走在凹凸不平碎石遍地的路上，循着狮子岩、高帽子岩、乌鸦岩的顺序，围着这三座岩石前前后后查看了一番。靠近了看，三座岩石都极为高大，得仰着头看，虽然有些吓人，但不二夫君却很开心，拉着小林君攀到岩石顶上，对着下面的两个大人连声高呼："万岁！"

明智侦探把这几块岩石一个一个地仔细观察了一阵，也没什么收获，四个人又回到狮子岩旁边。

他们上岛的时间大约是下午三点左右，绕着岩石来回转悠，不知不觉时间就过去了，现在已过了五点。太阳贴近西边的海面，越变越大，通红通红的。

不二夫君又一次攀爬到狮子岩的顶上，一个人玩得很开心。忽然，他大声地喊了起来：

"哇——好漂亮！狮子的影子居然能拉那么远，都快够到高帽子岩了。我的影子也变得好长啊！你们快看……"

他一边喊一边在狮子岩顶上朝下面招手，他的影子清清楚楚地投射在远处的岩石壁上，不住地晃动。

正如不二夫君所说，狮子岩的影子果然就快够到高帽子岩了。站在下面的三个人听不二夫君这么一说，都目不转睛地望着那道影子，不一会儿，明智侦探好像忽然意识到了什么，乐滋滋地对宫濑先生说：

"宫濑先生，我明白了。暗码的谜解开了，这都是不二夫君的功劳。"

"啊？我真是一点儿也不明白……"

宫濑先生吃了一惊，注视着大侦探的脸。

"你们看，狮子岩的影子居然拉得那么长，这不是马上就要碰到高帽子岩了吗？要是太阳再低一点儿，影子还会更长，到时候狮子头的影子不就正好在高帽子岩的下面吗？这么一来，狮子不就戴上高帽子了？暗码的意思是指，狮子头的影子投射在高帽子岩上，看上去正好像是戴了高帽子。"

"哦，原来如此。对，对，一定是这样的。果然不来现场看一看，是弄不明白的呀。我一点也没想到，原来说的是影子。不二夫，你可是立了个大功啊，你刚才随随便便的一句话，就让明智先生解开了暗码！"

宫濑先生十分高兴地朝岩石顶上的不二夫君大声喊道。

"快了，再等一会儿，就会出现狮子戴高帽子了。我们必须看清楚，那个时候乌鸦岩头部的影子究竟朝着哪个方向。从它头顶往东丈量三十尺，再向北丈量六十尺就行了。那个地方一定有像一道门一样的岩石。"

正说着，太阳一点点朝水平线靠近，狮子岩的影子越拉越长。

"来，你们到那个高帽子岩前面去，看着狮子戴上高帽子。我去乌鸦岩后面，看看乌鸦头的影子到底指向哪里。"

遵照明智的指示，宫濑先生、不二夫君和小林君三个人朝高帽子岩跑了过去，而明智则独自一人往乌鸦岩的后面跑去。

不多会儿工夫,高帽子岩前面传来了小林君的高嗓门:

"先生,就是现在!狮子刚好戴上高帽子了!"

接着,离乌鸦岩很远的地方,传来了明智的应答:

"好,那大家都到这边来吧!"

三个人连忙赶了过去,只见明智脚下踩着乌鸦岩的影子,微笑着站在那里。

"来,小林君,快从你的背包里拿出卷尺,就从我现在站的这个地方往东丈量三十尺。"

小林君麻利地掏出卷尺,明智把卷尺的一端牢牢踩在脚下,然后一边看着表带上的指南针,一边举起右手,指出正东的方向。

小林君照着他所指的方向,拉开卷尺走了几步,刚好停在了三十尺的地方。

"到这里是三十尺。"

"好,你就站在那儿别动。"

明智说着，挪开踩着卷尺一端的脚，小林君马上转动卷尺上的摇杆，把卷尺收回了原样。

明智快步走到小林君站立的地方，再次踩住卷尺的一端，这一次他又指出正北的方向。于是，小林君拉开卷尺，朝北边一步步走过去，那边也是坑坑洼洼的岩石路，忽然出现了一个陡坡，他顺势下到一块像小山谷一样的凹地里。

"到这里刚好六十尺。"

不一会儿，从凹地的底部传来小林君的声音。

"那儿有什么？"明智问道。

"有一个奇怪的洞穴。"小林君答道。

三个人急急忙忙朝小林君站立的地方走去，果然，在谷底的一块岩壁上有一个大大的洞口。

由明智打头阵，一行人进入了洞穴，可才走了五米就走到头了。

虽然是个很浅的洞穴，但深处因为不透光，很是昏暗，在眼睛适应黑暗以前，根本看不清都有些什么。

明智在这个洞穴中四处查看，不一会儿，终于有了发现，他大声喊道：

"啊，就是这个，就是它！宫濑先生，我找到石门了。"

大家都吃了一惊，立刻朝他跑了过去。

"你们看，这块大岩石就像个盖子，把去洞穴深处的路给堵住了，这块岩石其实是嵌在里头的。

"暗码里的'石门'，应该就是指这块岩石没错了。"

"原来是这样，这么说，这块岩石的后面还有更深的洞穴咯？"

"我想是的。凭一个人的力气恐怕很难搬动它，不过要是大家齐心协力，也许能搬得开，来试试看吧。"

于是四个人齐心协力，开始一点点挪动那块大岩石。

—可疑人影—

一行人花了差不多十分钟,终于搬开了那块大岩石,果然,后面是个很深的洞穴。明智侦探从背包里取出手电筒朝里照去,只见洞内异常狭窄,只够一人勉强通过,而且一直向内延伸,看不到尽头。

"这个洞实在深得吓人,肯定不是人挖出来的,应该是自然形成的。所以说,这里面到底是个什么情形,根本无法预测。

"小林君,你的背包里放了蜡烛吧?你把它拿出来点上火。要是洞穴里有什么危险气体,那可不得了,我们把蜡烛举在前面进去吧,要是氧气不够,火会熄灭。所以到地底深处探险的时候,大家都一定要带着蜡烛。"

明智一边跟两个少年解释,一边接过小林君点燃的蜡烛,带头走进了漆黑的洞穴里。第二个是小林君,拿着先生给的手电筒,紧跟其后的是不二夫君,宫濑先生殿后。

洞穴蜿蜒崎岖,渐渐变成一条下坡路,一直朝前延伸着。走了大概二十米,眼前的通道分成了两条。

明智让其余三人原地等候,分别去两边的通道内探了探路,忧心忡忡地对宫濑先生说:

"就这么进去是很危险的。这个洞穴有好几条歧路,就像迷宫一样。要是往里走得太深,回不来了可就糟了。再说,太阳也快落山了,况且大家的肚子都饿了。我看我们先回旅馆一趟,明天留充裕的时间再来探索比较好。我们还可以事先准备好足够的干粮。"

"嗯,我也是这么想的,而且那个渔夫老头儿肯定已经等得不耐烦了。话说回来,我们家祖上还真不是一般的小心谨慎啊。我原以为打开了石门就能马上找到金块了，没想到里面这么深，还是个地底的迷宫，肯定困难重重。"

宫濑先生惊叹于祖先的用心良苦。

"说的没错。在当时，近百万两的黄金可是大数目，也难怪您的祖上会这样小心加小心。"

明智答道。寻宝变得困难重重，他反而显得很开心。

随后，四人齐心协力把大岩石搬回原位，把洞穴的入口隐藏起来，然后回到了停船的地方，那个渔夫老头早就迫不及待了。四个人平平安安地回到了长岛町。

四个人在旅馆睡了一觉，第二天一大早，精神百倍地睁开了眼。一想到今天总算能把大金块给拿到手了，宫濑先生自不必说，就连明智侦探和两个少年心情也十分喜悦。

连续两天去一个当地人都忌讳的鬼岛上游玩，难免会惹人怀疑，所以他们就谎称在岛上发现了稀有的矿石要去采集，恳求昨天的那个渔夫老头帮忙，早上九点便从长岛町的海岸出发了。

今天他们还准备了充足的干粮，比如饭团、面包什么的，大家的背包都塞得满满的。他们尽可能多地准备了食物，这样即便在地底的迷宫里迷了路，也能够撑上两天，而且大家的水壶里也装满了热水。

到了岛上，和老头约好傍晚时候再来接人，四个人急急忙忙赶到昨天的那个洞穴处。他们搬开大岩石，把从东京带来的绳索一头拴在洞穴入口处的岩石一角上，打算牵着这根绳索进洞，以防迷路。

和昨天一样，明智拿着蜡烛走在前面，小林君和不二夫君拿着手电筒照明，宫濑先生紧紧握着登山用的铁镐，一行人留意着周围的动静，小心翼翼地走进了洞穴。

其实，这四个人要是能再谨慎些，探查一下整个小岛就好了。这样，也许他们就不会有那么可怕的遭遇了。但是，他们一心以为岩屋岛就是个无人岛，就连明智侦探也疏忽大意了，没想周全。

你们瞧，当他们走进洞穴的时候，就在那乌鸦岩的阴影里，不是有一个家伙在偷窥吗？

这个人身穿西服，绑着绑腿，鸭舌帽的帽檐压得很低，遮住了脸。他一动不动地盯着洞穴的入口。

他当然不是本地人，是个从大城市来的游客。这个男人究竟是从哪里登岛的呢？如果他是今早从长岛町出发来岛上的，长岛町这么小，那渔夫老头应该会知道。可渔夫老头一次也没有提到有这么一个客人。

不管怎么说，这绝对是个可疑人物。难道他神不知鬼不觉地住在这个岛上的某个地方？还是说，本地人所惧怕的那个鬼怪的幽魂变作人的样子，打算要给这四个来岛上捣乱的人一点颜色瞧瞧？

看来，似乎有可怕的命运在等待着他们。

也许，在地底深处，会发生一件始料未及的大事件。

迷路地底

进入洞穴入口,头五六米的通道异常狭窄,四个人匍匐前进,总算勉勉强强地通过了。过了这一段,周围稍微宽敞了些,道路分为了两条。

"我们先从右边走吧,这边看上去宽敞些。"

说着,明智低头钻进了右边的洞穴。这一段路已经不需要爬行,可以直立行走了。

走了一阵,面前又是歧路,明智还是选了右边的一条继续前进。走了大半天,洞穴还是弯弯曲曲地往前延伸着,丝毫看不到尽头。每隔五六米就会遇到歧路,而且道路起伏不定,一会儿下坡,一会儿上坡……这样走了五六十米,根本就搞不清现在身处何方。

"这个洞穴简直深得可怕。到底什么时候才能走到头啊?这座岛的整个地底该不会都是这样的洞穴吧?话说回来,我家祖上藏宝贝的地方还真够复杂的,我觉得完全没必要嘛。"

宫濑先生嘟囔着,很是无奈。

"不,不管怎么说,那是一笔巨额的宝藏。您的祖上这么小心谨慎也是有道理的。这可是普通人拼一辈子都不可能赚得到的大数目。为了找到这笔宝藏,付出这么多辛苦也是应该的。"

明智微笑着说了这么一番话鼓励大家。

又走了一段,近得几乎擦着肩膀的岩壁不见了,他们来到了一个像是地下广场一样的地方。这片空间极为宽敞空旷,就是拿着手电筒照着,也看不清对面的石壁。明智还是一样选择靠右,沿着岩壁前进。不一会儿,走在最后面的宫濑先生突然"啊!"地发出一声惊叫,声音在四方的岩壁间回响,同样的叫声从四面八方传来,此起彼伏。

"你怎么了,宫濑先生?"

走在最前头的明智大声问道,他的声音也带来一连串的回音,同一句话在黑暗中不断地重复着。

小林君曾经有过类似的经历,所以并不觉得惊讶,但不二夫君却是第一次听见回声,吓得不轻,脸色煞白,浑身发抖。

想到洞穴的四周可能藏着一群可疑的人在学他们说话,不二夫君害怕极了。不二夫君的父亲到底是怎么了?怎么发出那么吓人的叫声?不二夫君连忙把手电筒照向父亲那边。

只见宫濑先生的身影变得很小很小,他不断拉扯着落在地上的绳索,眼看着绳索不断地被收回来,不一会儿就尽数收在了宫濑先生的手里。

是绑在洞外岩石上的绳结掉了,还是途中的某个地方断了?回收的绳索分量并不是太多,看来多半是断在途中了。

这下可麻烦了,当作路标的绳索没了。搞不好,他们四个人就再也找不到出口,只能如迷途的羔羊一般,永远在地底的迷宫里打转了。

四个人站在原地，好一会儿，谁都没说出话来。大家都感到似乎有可怕的厄运在等待着自己，心里充满恐慌。

过了一会儿，还是明智先开了口：

"这种时候可不能乱了阵脚，我们得慢慢思考接下来该怎么办。当然，我们不能往深处走了，要想办法回到绳索断掉的地方去，沿着剩下的绳索就能出去了。

"来，大家注意脚下，原路返回吧。小林君，不二夫君，你们走的时候要仔细留意地面。"

于是，四个人凭着记忆往回走，仔细看着地面。每个人都猫着腰，把脸凑近地面，就好像在地上寻找很小的东西。

宫濑先生从不二夫君手上拿过手电筒，领头走在前头。在他的身后，明智侦探拿着蜡烛，小林君和不二夫君离得稍远，他们手牵手，用手电筒照着地面，缓缓前进。

从宽敞的洞穴走回原来狭窄的通道，所有人都忘了同伴的存在，只顾认真地盯着地面。不知不觉，两个少年与宫濑先生、明智侦探之间已经隔了很远的距离。

"咦？爸爸和明智侦探去哪儿了？奇怪。前面一片漆黑啊。"

不二夫君似乎受了惊吓，高声说道。抬头一看，目光所及之处早已不见了手电筒的微光和烛光，前前后后都只有浓得像墨汁一样的黑暗。

"爸爸——"

不二夫君大声喊道，急得快哭出来了。他的喊声带着嗡嗡的回音传向洞穴深处。

"喂——不二夫！你们在哪儿啊——快点过来——"

隐隐约约听见宫濑先生的声音。

"啊，在那边！"

二人朝着声音传来的方向急急忙忙地跑了过去。然而不管怎么跑，都不见手电筒的光亮和蜡烛的火光。

两个人拼命地跑着,途中经过了好几个岔路,可能是他们跑得匆忙,竟朝相反的方向越跑越远了。

"爸爸——"

"明智先生——"

两个人齐声呼喊着,但已经完全听不到回答了,传回来的只是自己的回声。

"真奇怪,是不是我们走错路了?还是往回走吧。"

"嗯,好吧。"

两个人的声音都变了调,口干舌燥的,心跳快得吓人。要是再也找不着两个大人,那可怎么办?想到这里,他们心里害怕极了。

二人手拉着手,又扭头往身后跑去。但是不管怎么跑,还是看不到光。不管怎么呼喊,也听不到宫濑先生和明智侦探的回应。

他们越是跑得焦急,越是往奇形怪状的岔路里钻,到后来,根本连哪儿是前哪儿是后都分不清楚了。

"爸爸——"

"先生——"

他们边跑边喊,嗓子都喊疼了,忽然,小林君被岩石绊住了脚,一下子摔倒在地。这一摔,连带着和他手牵手的不二夫君也摔在了小林君的身上。

"你没事吧?有没有摔伤?"

在上头的不二夫君先爬起来,扶起小林君,担心地问。

"嗯,没事儿,膝盖擦破了点儿皮而已。"

小林君忍着疼,好不容易站起身,正准备往前走,忽然眼前一黑,完全看不见了。一直照亮着前路的手电筒的光消失了。

小林君纳闷,甩了甩摔倒时紧紧握在手里的手电筒,不知为什么,一点光也没有。他把开关来来回回掰了好几下,又拧紧了螺盖,却没有一点反应。

"你把手电筒给弄丢了吗?"

只听不二夫在一旁害怕地问道。

"不是，我拿着呢，可是不亮了。刚刚磕在岩石上，可能摔坏了。"

就连小林君也快哭了。

"拿给我瞧瞧，我来试试看。"

不二夫君说罢，摸索着接过手电筒，鼓捣了半天，还是没用。电池应该还没有用完，肯定是灯泡里的钨丝断了。

"啊，有个好消息。我的背包里还装着蜡烛呢！"

小林君想起这茬，重新燃起了希望，高声说道。

他们连忙取出蜡烛，擦亮火柴把它点燃。红红的火光忽明忽暗的，照亮了两旁狰狞的岩壁。

借着蜡烛的光，小林少年和不二夫君的脸于黑暗中显现出来，红红的火光照着他们的下巴，两张脸看上去格外诡异。

"你的脸看上去好像鬼啊。"

"你的脸还不是一样。"

两个人说着,勉强想笑一笑,但笑容掩饰不住令人脊背发凉的恐惧。

两个少年终究在这深不见底的地底迷宫里迷失了方向。宫濑先生和明智侦探也一定在寻找他们。他们真的能找到彼此吗?也许在这走散的四个人身上,还将发生更加可怕的事情。

— 水!水!—

两个少年已经完全不知道该往哪个方向走了,但就这么留在原地,感觉更可怕,于是决定手牵手走一步算一步。

接下来,他们一边拼命地喊着"先生""爸爸",一边不顾一切地在一条条岔路间穿梭、徘徊。但是,不管他们怎么走,还是到不了入口处。也许他们已经朝着和入口相反的方向越走越深了,又或者,这儿是个迷宫,他们在同一个地方不停地兜着圈子。

渐渐地,少年们奔跑的双腿迟缓了下来。特别是不二夫君,他看上去累得不行了,一路上磕磕绊绊,走得摇摇晃晃。

"我说,光这么闷着头走也没用,稍微休息一下,好好想想办法吧?"

小林君毕竟年长一些,意识到这一点后,他拉住了不二夫君。

他们看看四周,这里稍微宽敞了点,仿佛一间小屋。一个角上有一块稍微突出的岩石,两个少年把蜡烛放在地面上,肩并肩在那块岩石上坐了下来。

"我都快渴死了,肚子也饿得咕咕叫,不如我们在这儿先吃点东西吧?这种时候着急上火也没用,我们得冷静冷静。"

小林君学着明智侦探的口气,刻意装出毫不在乎的表情,试图鼓舞年幼的不二夫君。

"我一点都不饿,我更想快点见到爸爸。"

不二夫君只顾着害怕,根本吃不下东西。

"别怕,冷静下来好好想想,说不定就能找到出口了。没什么好怕的,来,你也吃点吧。在这样的洞穴里野餐不也挺有趣的么?以后和大家说起来,大家肯定会佩服我们的勇气的!"

小林君说着喝了一口水壶里的水,又从背包里拿出了一个竹叶包裹,开始大口大口地啃起饭团来。

不愧是明智侦探的小助手,小林君的大胆无畏实在令人赞叹。当一个人遇上苦难或恐惧之时,才能体现出他的价值。小林君身上的闪光点,在这地底深处的黑暗中展露无遗。

不二夫君受了小林君的鼓舞,稍稍打起精神,看着小林君啃饭团那滑稽的样子,也觉得肚子有些饿了,终于愿意学着他的样子,也从背包里取出竹叶包裹了。

两个少年就这样坐在岩石上,三口两口便把手上的干粮啃了个精光。接着,他们又抱着水壶,咕噜咕噜地喝了个痛快。

然而,正当他们喝着水的时候,忽然传来一阵奇怪的声响。好像是泉水咕嘟咕嘟往外冒的声音。绝不是水壶的水声,这声音更大,来自更远的地方。

"喂，你听见了吗？那是什么声音啊，好奇怪。"

两个少年面面相觑，都竖起了耳朵。

咕嘟咕嘟的声音越来越大，紧接着响起"嗡嗡"的轰鸣声。

"是不是地震了？"

"不对，要是地震了，我们也会跟着晃的。这不是地震。"

"那会是什么啊？啊，响声越来越大了，我害怕！"

不二夫君下意识地抓紧身边的小林君。

这时，轰鸣声突然之间变成雷鸣般的巨响，轰隆隆——好像有两个漆黑的怪物从洞穴的两头朝着这边冲了过来……不，不是怪物，是水！铺天盖地的巨大水流一下涌进了洞穴里。借着蜡烛朦胧的火光，水流看上去就像两个巨大无比浑身漆黑的怪物。

然而，看见它也只是一瞬间的事。一眨眼的工夫，一群黑色的怪物就"唰"的一声在洞穴里四散开来，扑灭了地面上的蜡烛。紧接着，又以极大的气势朝两个少年的脚边袭来。

两个少年立马跃上岩石，躲过了水流，但水流带着可怕的轰鸣声不断地朝洞穴中涌来。

蜡烛的火光被浇灭，周围伸手不见五指。黑暗中，水流"轰隆隆——轰隆隆——"地不断冲进来，冰凉的水花不停溅到脚上、手上和脸上。

两个少年站在岩石上，不知不觉间紧紧地抱在了一起。这一切太可怕，他们俩已经吓得说不出话来了，只能用力紧紧地抱住彼此的身体，绝望地呆立在原地。

水流越来越湍急，水面眼看着涨了起来，很快便逼近了岩石上两人的脚边。

他们的脚已经泡在了水里，那冰凉刺骨的感觉透过鞋袜，正一寸一寸地往上爬。

不久，水面已经和他们的膝盖一般高了。上涨速度实在是惊人。

"不二夫君，我明白了，我明白了！这是海水，海水涨潮，潮水就从岩石的缝隙间流进来了。"

即使是在这样的危急关头，小林君还是开动脑筋，冷静地思考着。然后，他忽然明白了这大量的水流究竟来自何方。

和小林君想的一样，这都是海水。海水有涨潮和退潮，涨潮的时候，水面就会抬高。于是高涨的海水从远处的岩石缝隙间一股脑地涌进来了。

既然海水会以这么快的流速涌进来，那么这里应该是比海面低得多的地方。究竟是低多少呢？要是差上两三米，那么很快水流就会淹到洞顶，灌满整个洞穴。

虽然现在还只没到膝盖，不过要不了多久，水面就会逐渐上升到腰部，然后从腰到腹，再从腹到胸，最后肯定连站也站不稳，两个人就只能在这墨汁一般漆黑的水里游泳了。

不过不管怎么游，他们都没法逃离这个洞穴。洞穴两头都比海面要低上许多，即便潜游过去，也没法坚持游到没水的地方。

啊,这两个少年的命运将会如何?难道他们会溺死在这个漆黑可怕的洞穴里吗?难道我们就再也见不到勇敢的小林君和可爱的不二夫君了吗?

― 生死关头 ―

四周只能听见水流翻滚轰鸣的声音。两个少年已经无法动弹了,只能尽可能地紧紧抱住对方,缩成一团。

淹到脚边的水流转眼之间便漫上了他们的膝盖,现在已经漫过短裤,爬上了腰部。

这时候,已经听不见从洞穴两头涌进来的水声了,这样反而更让人心里发毛。没了声音,绝不是因为水已经停止了涌入,而是表明水面高过了海水流进来的地方。

黑暗中,每一秒水面都在无声地上涨,沿着相互拥抱的两个少年的身体一寸一寸地往上攀爬。他们的腰已经完全浸在水里了,接着,腹部开始觉得冰凉，没多会儿，漆黑的水面甚至没过了他们的胸口。

两个人的身体在水中摇摇晃晃，眼看就快站不住了。

"你会游泳吗？"

小林少年从嗓子眼里挤出些声音，问不二夫君。

"嗯，会游……可要是水淹到洞顶该怎么办？我们不是无法呼吸了吗？"

这是最令人担心的事。这个小屋似的地方虽然洞顶比较高，但再怎么高，只要它低于海平面，这个洞穴就会被水填满。一旦如此，他们俩就无法呼吸，只能溺死在水中。

"不二夫君，明智先生平时总是教导我，万一遇上生命危险，即使觉得没什么生还的希望，也要努力坚持到最后一秒，决不能放弃，哪怕只能让局面好转一丁点儿，也要尽全力去做力所能及的一切。

"这就是和命运抗争。决不能不战而败!所以,你不可以丧失希望,一定要坚持到最后一刻!来,我们游起来吧!一直游,一直游,和这些水比比,看谁能笑到最后。"

真不愧是明智侦探的小助手,小林君抱着坚定的决心,鼓励着比自己年幼的不二夫君。

不二夫君听了这番铿锵有力的话,也打起了几分精神。接着,两个人就手牵着手,在漆黑冰冷的水中直着身子划起水来。

只要浮在水面上就可以了,所以也不用费什么体力,只是地底本来就冷,还浸泡在水里,这种冰冷刺骨的感觉简直难以形容。幸好现在是春末夏初,天气相对温暖,海水也不算太冷,要是寒冬腊月,两个少年肯定早就冻死在这儿了。

"不二夫君,加油!下腹用力,沉住气!我们游着游着海水就会退潮的,这么一来,水就不会流进来了,而且这里的积水会从岩石的缝隙间流出去。我们只要一直奋力游就行了!"

小林君在黑暗中不断地鼓励不二夫君。

"我是不是眼睛瞎了呀？怎么什么都看不见？你能看见吗？"

不二夫君一边游着一边胆怯地问。

"我也什么都看不见。眼睛瞎了，也许就是这个感觉吧。"

真的，简直跟失明没什么两样。他们只能听见声响，感觉到水的寒冷和彼此紧握的手。

诸位读者，请你们闭上眼睛，想象一下这两个少年的处境。没有什么比他们现在的遭遇更令人感到孤独、不安和恐惧了。

没过多久，不二夫君带着哭腔说道：

"我说，水是不是又变多了啊？"

"嗯，看来还没退潮呢。我潜下去瞧瞧。"

小林君倒还是那么精神抖擞。

"不要吧，不要放开我的手！"

不二夫君觉得在这一片漆黑之中，一旦放开手，就会和小林君分散，再也找不到彼此了。

"没关系,我就潜下去一会儿。"

小林君话音刚落,便放开了手,一翻身潜入了水底。

不二夫君听着水响,心里异常慌乱,就算喊他的名字,水下的小林君肯定也听不到,所以不二夫拼命忍住不出声,竖着耳朵等着小林的动静。虽然只过去了三四十秒钟,但对不二夫君来说,却是如此漫长。

过了一会儿,水面哗啦哗啦有了动静,只听"噗"的一声,然后传来了小林君的叫声:

"哇,好深,这水真是太深了,起码有两米。水还在不断地涌进来。"

"啊?还在涌进来?"

不二夫君失望极了。不,不只是失望,他又开始担心了:等水淹到洞穴的顶部,就没法呼吸了。这个恐怖的想法一点一点地在他的脑中复苏。

不二夫君不知该不该说出这个想法,正犹豫着,却听见小林君惊讶的叫声:

"咦？太奇怪了，我说，不二夫君，水开始流动了！我们正被水带着走呢！你能感觉到吗？你看，水是不是一直在往一处流？"

听他这么一说，不二夫君稍一留意，发现水面确实忽然急速流动了起来。

"啊，真的！是不是退潮了？"

不二夫君也大声喊了起来。

"不是不是，我刚刚才潜下去查看过，水还在大量涌进来呢。真是怪了，到底是怎么回事呢？"

这奇怪的水流究竟是怎么回事，这一回就连小林君也想不明白，总觉得状况有些诡异。

水流确实是朝着一个方向在流动，势头还很强劲。于是，两个人再一次手牵手尝试向反方向游动以免被冲走，终究还是无济于事。他们无法对抗又急又快的水流。

这种感觉，与其说是随波逐流，不如说是被吸过去似的。水流从四面八方涌来，朝着一个方向被吸了过去。

这到底是怎么一回事呢？究竟是什么东西有着如此巨大的力量，把水都吸过去了呢？两个少年同时想到了一个巨大的黑色怪物。那怪物正张开它的血盆大口，要把这洞穴里的水一口吞下去。这个念头让两个少年不禁浑身颤抖起来。

— 宝 藏 洞 穴 —

在横竖才五米左右的狭窄洞穴之中朝着一个方向漂，一转眼就会撞上岩壁。然而不可思议的是，两个少年在黑暗中被水冲得横冲直撞，却一次也没撞上岩石。洞穴不可能忽然就变宽了，这事实在有点匪夷所思。

两个少年在水中奋力挣扎着，不久，他们发现自己的手脚似乎触碰到了什么硬物。

小林君立刻在水中作爬行状，一边用力尝试站起来。结果你猜怎么着？水才到大腿附近，居然可以站直了。

"不二夫君，水好浅！水好浅！没事儿了，你站起来试试，能站起来了。"

受到鼓舞，不二夫君也站起身来。水还是朝一个方向不停地流动，但不至于冲得人站不住脚。

两个人一站起来，就下意识地伸出手摸索周围，发现两边都能摸到岩壁。

"啊，我明白了！这里是一条可以避难的通道！岩石在这么高的地方裂出了这么一条缝，水就从这儿流进来了。"

小林君大声说道。

"对呀！我们得救了！"

不二夫君的声音听上去异常开心。

在离洞顶很近的地方，居然有一条意想不到的通道，而充满整个洞穴的水正是流向了这里。水流不但没有将少年们淹死，反而救了他们一命。

但是，现在还不是松口气的时候。因为，如果这个通道是条死路，那水流还是会逐渐把这儿淹没的。

"哦，对了！我把火柴保存得很好，现在可以派上用场了。你知道吗？不二夫君，我为了不弄湿火柴,把它放进空糖果罐儿,塞在肚兜里了。"

小林少年一脸自豪地从湿透的肚兜里拿出空糖果罐,揭开了盖子。

只听咻的一声,一瞬间,眼前就像白昼一样明亮了。对于已经习惯了黑暗的眼睛来说,一根火柴的光亮得刺眼。

两人迅速看了看四周,发现这个通道虽然越往前越窄小,但显然不是死路一条。

"我们去那边看看吧。"

小林君丢掉燃尽的火柴,朝洞穴的深处走去。不二夫君则跟在他的身后。

他俩踩着水流艰难行进了五米左右,洞穴忽然变得异常狭窄,要猫腰才能勉强通过。他们在这狭窄的通道里又摸索着前进了两米左右,忽然两边的岩壁消失了。他们来到了一个十分宽敞的地方。

小林少年在此停下脚步,再一次划亮了一根火柴,发现这里是个巨大的洞窟,比刚才的洞穴宽广了不知多少。

"不二夫君,我们得救啦!海水再怎么涌进来,也不可能把这么宽的洞窟全都淹没了。"

看看脚下,水只漫过脚踝了,而且流速也慢了许多。

"幸好我们游出来了。多亏你鼓励我啊!"

不二夫君激动地紧紧握住小林君的手。

二人在这宽阔的洞窟里四处张望,就在火柴即将熄灭的一瞬间,不二夫君忽然惊叫了起来:

"啊!好像有什么东西!你快看,那边有奇怪的东西!"

"啊?哪里?"

等小林君回头时,火柴已经熄灭了,于是小林君又点了根火柴,朝不二夫君指的方向照过去。

因为距离很远,所以看不大清楚,不过那似乎并不是岩石,好像是很多四方形的东西杂乱地堆在一起。

于是两个人快步走向那堆奇怪的东西。中途火柴再次熄灭,小林君只能再点一根。

走到了近前，借着火光仔细一看，那果然不是岩石，而是数不清的木箱，堆成了山。

这些木箱形状扁平，十分结实，箱盖和箱体的衔接处钉着一圈黑色的铁制护围。

"啊，这不是古代的宝箱吗？"

不二夫君大声嚷嚷起来。

"嗯，的确，和宝箱一模一样。啊！就是它！就是它了！你家的祖先藏起来的金山，就是它了！"

小林君也因为这个意外的大发现而忘乎所以地嚷嚷起来。

真要说起来，这些箱子比以前的宝箱大多了。不过这两个少年还没有注意到这一点。

接下来，他俩擦亮了好几根火柴，入迷地来回观察着这座木箱堆砌而成的壮观的"小山"。不一会儿，又是不二夫君高声叫道：

"喂，你快看哪！看这儿！你瞧，箱子破了！里面的东西闪闪发光呢……"

小林君把火柴拿近了些，发现脚边有个箱子的盖子上有条裂缝，可以看见里面的金灿灿的东西。

"啊，是以前的金币！"

小林君伸出手指，好不容易从那个细小的缝隙里伸进去，掏出了四五枚金币，又点燃火柴。两个少年把脸凑到一块，仔细地端详。

"真美啊……因为是金子，所以一点都没有生锈。"

"就是啊……说起明治维新，那已经是七十多年前的事儿了。这么多金子，在这七十年里竟然神不知鬼不觉地藏在这里。"

"这些箱子里到底装了多少金币啊？是不是有一千枚？"

"何止呀。你看，里面塞得这么满，两千枚恐怕都有。还不只是金币，其他的箱子里，一定有更大的，比如金棒、金砖什么的。"

"这些箱子总共有多少个呀？"

"数数看吧。"

两个少年浑然忘记了周围的一切，又点燃好几根火柴，数起箱子的个数。可箱子实在太多，根本没法儿数清。

"算了吧，再数下去火柴就要没了。与其数箱子，我们更应该想想该怎么从这里出去。就算找到了金子，要是出不去，那也是白搭。"

小林君忽然意识到这一点，不再点燃火柴了。确实如此，难得他们找到了宝藏，可要是和宝藏一块饿死在这，的确是毫无意义。

"你说得对。也不知道爸爸和明智先生现在在哪儿呢。"

不二夫君的口气听上去十分落寞。

周围又恢复了如同抹了墨汁一般的黑暗。两个少年在黑暗中呆呆地站着，他们已经没有力气说话了。"要是永远无法从这地底迷宫逃出去的话……"一想到这一点，找到金子的喜悦也不见了踪影。

他们俩正默默地站着，就在这时，突然不知从哪里射来一道闪电般强烈的光线，从眼前一闪而过，照射到对面的岩壁上。

两个人吓了一大跳，下意识地紧紧靠在一起，彼此紧握住对方的手。他们都被这道叫人措手不及的闪光惊得说不出话来。

紧接着，那青白的光亮又沿着岩壁不停地快速移动起来。

"哦，我知道了！那是手电筒的光！"

小林少年猛地拉过不二夫君的手，小声说道。

"哦，对啊！是手电筒！难不成是……"

不二夫君心中充满期待，小声地反问道。

的确如二人所料，这是手电筒的光。这宽广洞穴另一边的入口处，有人打着手电筒，正朝这边靠近。

不二夫君马上想到，这支手电筒的主人会不会就是宫濑先生和明智侦探。小林君的想法也是一样。"真是太巧了，我们正好找到了宝藏，他们两个大人就找过来了，简直太幸运了！"他们兴奋无比，拔腿朝那个方向跑去。

― 蒙面首领 ―

然而，此时此刻正准备迈开步子的两个少年的耳朵，却捕捉到了一个奇怪的声音，一个完全没有料到的、陌生的声音。

"嘿嘿嘿……一切顺利。那四个愚蠢的家伙，现在肯定迷了路，正愁眉苦脸呢。"

"是啊，这帮家伙运气太差。宝贝就藏在这么近的地方，他们竟然浑然不知，还跑去别的地方迷了路。就算是鼎鼎大名的大侦探，这回恐怕也没这么走运了。咱们切断了绳子，他们没办法从这洞穴里走出去了。嘿嘿嘿……活该！"

"没想到居然会这么顺利。一路跟踪那帮家伙，偷偷摸进这个洞穴里，居然没一会儿工夫就撞上了这一堆宝箱，看来幸运之神站在我们这边嘛。"

"哈哈哈哈……说不定不是什么幸运之神，而是承蒙住在岩屋岛上的鬼怪保佑吧！不管怎么说，首领您真是运气好得惊人啊。"

高声谈论着的不止一两个人，听上去似乎是四五个粗野的男人。

两个少年听了这段对话，猛地缩回了身子。刚刚满心以为来者是自己人，看来并非如此，分明是可怕的敌人！

听话里的意思，他们为了夺取大金块，一路跟踪他们四人，而切断路标绳也是这帮家伙干的好事。正当四个人在不同的岔路里走散迷失方向的时候，这帮家伙居然走了狗屎运，找到了正确路线，寻得了宝藏。他们肯定是为了搬运宝藏，出去叫来了足够的人手。

要是被这帮家伙发现可就不妙了。让歹徒知道了他们是明智侦探的同伴，后果不堪设想。

小林少年一声不吭，猛地拉起不二夫君就往刚才那个狭窄的洞穴里跑。那个狭窄洞穴里有海水灌进来,越往里走水越深,但现在已经没时间计较这些了。两个人不得不再次趟进齐膝的冰冷海水之中。

紧接着,他们从洞穴的深处偷偷往外瞄,只见那帮粗鲁的男人已经聚在了成堆的宝箱前,正准备把它们往外搬。

一数人数,他们一行五人。每个人都是满脸横肉,看上去力气甚大,其中还有一人身形矮小,穿着一身奇怪的黑衣服,看来就是那些歹徒们的首领。

不一会儿,其中一人开始行动,他手中的手电筒顺势打在了首领脸上。

可光线照亮的却并不是人的脸,而是一副难以形容的奇怪面孔。那是个满脸漆黑的怪物,眼睛和嘴的地方好像开了三个洞,泛着点儿白,其余部分都是黑的,耳朵鼻子什么的全都看不见。

小林君一看,吓了一跳,很快他就明白了,这个小个子是比鬼怪更加可怕的人。

他并不是满脸漆黑，而是戴着黑面罩。黑布上只有眼睛和嘴的位置开了小洞。

诸位读者，你们应该明白了吧？这是一个女人，是把小林君囚禁在地下室的那帮歹徒的女首领。无论是那一身酷似俄式衬衣的黑衣服，还是那张面罩，都和地下室的女首领分毫不差。

哦！这些歹徒多么执着！没能偷出暗码，这回他们又换了新招，暗地里跟踪探险队，大老远从东京来到了这儿，企图夺取大金块。

想到这，小林君不得不承认，歹徒的执着简直令人发指。眼前发生的一切就像是一场可怕的噩梦，令人难以置信。

"嘿咻……还真沉。就凭那艘小船，没法一次运完这么多箱子啊。"

一个男人扛起一个宝箱，对首领说道。

"嗯，恐怕只够运三分之一吧。用船运到那个地方，再折回来。不管怎么说这可是一大笔财富，无论费多大的工夫，都是值得的。你们几个从今天起也都是大富豪了。"

蒙面首领用男人的嗓音激励着一众部下。看来这帮部下都还不知道首领其实是个女人。普天下知道这个秘密的也许就只有小林君一个人吧。

"嘿嘿嘿……我们都是大富豪了！就跟做梦一样。"

"这要是个梦，我都不想醒了！哈哈，整个世界都变得有趣起来了。我说，首领，我们做了那么多的坏事儿，像这次这么大的活儿，恐怕也就这一回了吧？"

"喂喂，别在这傻乐了，还不快搬！搬空之前，谁都不能掉以轻心！谁知道会不会节外生枝。"

几个男人一边闲聊，一边扛着宝箱走出了洞穴。蒙面首领拿着手电筒监视着部下的行动，走在最后面。

不一会儿，歹徒的说话声和脚步声都听不到了，手电筒的光线也消失了，洞穴里又恢复了伸手不见五指的黑暗。

照他们的对话推测,这帮歹徒肯定是把船停在了岩屋岛上的某个地方,然后悄悄上了岸。现在他们准备把刚才那些宝箱搬到那艘船上去,再折回来,如此往返数次,能装多少箱就装多少箱。

小林君见一众歹徒离开了,便把事情的原委和不二夫君详细地说了一遍,然后两个人手牵手从藏身的地方钻了出来。历尽千辛万苦才发现了这些宝藏,没想到转眼间就要被歹徒们抢夺一空,心里实在是说不出的难受。

可是对方人多势众,就凭两个孩子的力量,哪里对付得了?唉!要是明智先生在就好了!小林君和不二夫君心中连连叫苦,怎么就这么倒霉呢?真是想想都要哭了!

"我们光在这儿发愁也不管用啊。干脆跟在那帮人后头,过去摸摸情况如何?说不定能想出什么好主意。"

"嗯,就这么办。听他们刚才说的,洞穴的入口应该就在附近吧。"

两个少年悄悄商量着,点燃一根火柴看清了方位,便小心翼翼地跟在歹徒后头。

洞穴里的道路忽左忽右,越走越窄,最后窄得无法行走了,只能爬行,又前进了一段,走进一条稍宽敞的道路,有微弱的光线从某处照进来,周围似乎明亮了一些。

"啊,你瞧,离入口应该很近了!有光从洞穴的入口照进来了!"

外面还是大白天,所以现在还不能贸然前进。要是被歹徒发现了,谁也不知道会遭遇什么。

"你快看,这里的道路分成了两条。这就是最初的岔路口。我们之前进了那条宽敞的通道,才会像现在这么倒霉的。要是那个时候我们走了这条狭窄的通道,就能比歹徒先一步发现金子了!真是太可惜了!"

"啊,对了!那我们岂不是绕了一大圈,又绕回来了?"

两个人都觉得眼前的岩石有些眼熟。仔细想想，在这个岔路口做了这么一个小小的选择，竟然能让结局如此不同。

"我们再往前走一点儿吧？"

不二夫君说着，开始往光亮照进来的地方移动，小林君跟在他后面。他们都太想念地面的阳光了。

然而，他们刚往前走了五六步，突然，身后的黑暗中一道青白的光线猛地照了过来！这奇怪的光线打在岩石上来回晃动，两个少年吓了一跳，连忙往身后望去。

这时，漆黑一片的洞穴深处有两个如同怪物眼睛一样的刺眼光团正朝这边逼了过来，那是手电筒的光。有人打着手电筒，正从宽敞的那一条岔路走过来。

两个少年一见此番光景，惊得愣在了原地，动弹不得。

肯定是歹徒的部下。那个蒙面首领心思缜密，一定是在这里也安排了人看守,而自己竟然浑然不觉,还大摇大摆地送上门去,简直是太大意了!如今已经没有退路,也无处藏身了。

唉,两个少年最后还是落在了坏人的手上。才刚从水灾里逃出来,居然又陷入如此危险的境地,怎么就这么倒霉呢?难不成神明抛弃了正直的人们,反而做了恶人的帮凶吗?还有没有天理了?这么一来,小林君和不二夫君,岂不是太可怜了吗?

—最后的胜利—

两个少年吓得站在原地，紧紧挨着对方，握着彼此的手，心都提到嗓子眼儿了。他俩就像被毒蛇盯上的可怜青蛙，连逃跑的力气都没有了。说起来，黑暗之中手电筒的光亮，不正是大毒蛇的眼睛吗？

那毒蛇的眼睛正发出刺眼的光芒，一点一点地朝这边逼近呢！啊……这下玩儿完了！他们终于还是被抓住了！

小林君和不二夫君都做好了心理准备，虽然嘴上没说话，但都在紧握着对方的手上加了些力道，当作是最后的道别。

然而，就在关键时刻，谁也预料不到的事情发生了。

"哦！不二夫！这不是不二夫吗？"

"啊，果然没错，是小林君吧？"

突然，从毒蛇的眼睛后面传来了这样的呼喊声。

实在是太意外了！对这两个少年来说，这简直是能让他们的灵魂都欢腾起来的美好意外！来者不是歹徒，不仅不是歹徒，还是最值得信任的同伴，是他们一直在苦苦寻找的明智侦探和宫濑先生！

两个少年的口中迸发出了难以形容的欢呼，紧接着，小林君和不二夫君分别朝着明智先生和宫濑先生的胸口不顾一切地扑了过去。

先生和徒弟，父亲和儿子，在这一片黑暗之中，紧紧地拥抱在一起，很长时间，谁都没有说出话来。过了一会儿，响起了一阵急促的抽泣声，是不二夫君喜极而泣了。

事后问起才知道，明智侦探和宫濑先生为了找寻两个少年的踪迹，在地底的迷宫里徘徊了很长时间，最后不知不觉就绕到了洞穴入口。刚好这个时候和小林君他们遇上了，这简直是太幸运了！果然神明还是没有抛弃正直的人们！正所谓坏人总有一天会迎来毁灭，而正义之士总有一天会获得幸福。

然而，现在还不能沉浸在快乐里，不知道那帮歹徒什么时候会回来。小林君想到了这一点，于是简洁明了地把事情的经过跟明智侦探和宫濑先生讲了一遍。

二人听了小林君的叙述，自是免不了惊讶一番。

"哈哈！居然又被你们抢了个大功啊！面对那么可怕的海浪，你们一点儿也没气馁，还找到这些金子，多亏了你们的勇敢呀！太了不起了！特别是不二夫君，你做得很好！"

见明智夸奖年幼的不二夫君，宫濑先生连忙说这都是小林君的功劳，把明智侦探的小助手大大地夸奖了一番。

"那帮歹徒正准备抢夺这些金币，他们打算用船把它们运到别处去。先生，能不能想想办法，把他们都抓住呀？"

小林君最关心的是这件事。

"这你大可放心，我刚好想到了一条妙计。不管对方有多少人，我一定能抓住他们。宫濑先生，您放心，您祖先留下的金币，一枚都不会让歹徒得手的。现在趁歹徒还没回来，我们赶快出去吧。"

明智侦探似乎胸有成竹，一番话说得十分笃定，随后他便带头朝洞穴的入口走去。

接下来，四个人从狭窄的入口爬出去，回到了久违的阳光照耀下的地表。现在已是傍晚时分了，算一算，他们从中午开始，已经在地底的黑暗中徘徊了六七个小时。

明智侦探稍微环顾了一下四周，发现在离洞穴入口二十米左右的地方有一块巨大的岩石，便带着一行人躲到了那块岩石的阴影里。

接下来，四个人等着歹徒们回来搬运那些宝箱。从岩石后偷瞄一眼，只见毫不知情的一伙歹徒正由蒙面首领带着,不知从哪儿冒了出来,朝洞穴里走了进去。

明智侦探看着最后一个歹徒消失在洞中,便催促众人:"快,趁现在!"然后急忙奔向洞穴入口。

诸位读者,你们一定还记得,他们四个人刚到这个地方的时候,发现洞口被一块巨大的岩石给封住了吧?那块巨大的岩石就躺在入口旁边。明智侦探径直走了过去,双手抱住那块巨大的岩石,悄声向众人发出指示:

"来,大伙儿齐心协力,把洞口封回去。"

光靠一个人没法搬动这块岩石,但四个人一块儿使劲,很快,便严严实实地把洞口给封上了。

多棒的主意啊!一招致胜,不用和歹徒搏斗,也不需要用绳子绑他们,只用区区一块岩石,就轻轻松松地把五个人给关了个彻底。真不愧是大侦探呀!

"小林君,你知道吗?这其实是个理科问题。只要这样封住洞口,他们从里面是无法推开这块岩石的。因为洞穴的入口处狭窄得无法直立行走,想从里面推开岩石,一个人是做不到的。"

明智侦探解释道。原来如此,在洞穴的外头,四个人可以一起使劲移动这块巨大的岩石,而在洞穴里头,不管人再多,能去推岩石的只有一个人,所以根本不可能推得动。

"现在我们坐歹徒的船回长岛町。逮捕歹徒的事,拜托长岛町的警察就行了,连看守都不用留下。就算他们推开了岩石,没有船也无计可施。这里距离长岛町那么远,他们总不能游回去吧?"

四个人不用等渔夫的小船来接,夺了歹徒的船就能回镇上去了。而且,这么一来,这帮歹徒休想逃出这小岛一步。

歹徒的船很容就被找到了。在探险队登陆的另一头,拴着一艘高级汽艇。船身通体雪白,还有客舱,船头用漂亮的罗马字写着"海鸥号"。

因为担心船里还留有歹徒的部下,众人小心翼翼地接近汽艇,结果客舱和机舱里都空空如也,一个人影都没有。一定是那帮歹徒想要尽早把宝箱都搬上船,所以全体总动员,都去洞穴里了。

就这样,四个人乘上了漂亮的"海鸥号"。明智侦探在机舱内查看了一番,立刻开动了汽艇。身为大侦探,这些技术也是不在话下的。

汽艇驶离岸边,行驶在蔚蓝的海面上,以极快的速度朝着远方的长岛町扬长而去。

在万里晴空的尽头,挂着火红火红的晚霞。海风清爽温暖,发动机的响声如音乐般悦耳动听。在乘风破浪如箭一般飞驰的海鸥号船头上,小林、宫濑两个少年站在那里,互相搂着肩膀,眺望着远处的海岸。两个人一会儿高声歌唱,一会儿吹起口哨,脸颊被夕阳映得通红,焕发出希望。

不用说,以蒙面首领为首的几个歹徒当天就被长岛町的警察给逮捕了。随后,蒙面首领其实是个美丽的女人这件事也得到了证实。经调查,这个女贼最近几年流窜于东京、大阪等地,犯下不少罪行。

在日本全国的大小报纸上,这起大案占领了社会版一半的版面:埋藏在无人岛地底价值连城的大金块;世间难得一见的女盗贼;大侦探明智小五郎和两个可爱少年的冒险故事。

宫濑先生当然是把到手的金币和金块尽数上交给了国库,国库一下子充实了不少,政府的感谢和国民的喜悦之情自然是说不尽道不完。政府大员甚至专程把宫濑先生叫到官邸里,郑重地向他道谢呢。

作为答谢,宫濑先生从政府那里得到了一大笔钱,但他没有独享,而是打算全部用来建学校和医院,为社会做些贡献。

大侦探明智小五郎经过这一事件,更是声名远扬,而世间对宫濑先生的赞誉,则是在他之上。

然而,比起这两个大人的功绩,更让世人眼前一亮的,是小林君和不二夫君那让人手心捏汗的冒险故事。无论是找到大金块,还是抓住那帮歹徒,其实都是他俩拼上性命换来的成果。一夜之间,小林和宫濑两个少年的名字传遍了日本全国的每一个角落。